更暖的地方

更暖的地方

胡燕青

OXFORD
UNIVERSITY PRESS

OXFORD UNIVERSITY PRESS

牛津大學出版社隸屬牛津大學，以環球出版為志業，
弘揚大學卓於研究、博於學術、篤於教育的優良傳統
Oxford 為牛津大學出版社於英國及特定國家的註冊商標

牛津大學出版社（中國）有限公司出版
香港九龍灣宏遠街 1 號一號九龍 39 樓

更暖的地方

胡燕青

第一版 2006
第一版修訂版 2023

ISBN: 978-0-19-596497-4
10

目錄

更暖的地方

民間浪遊人

・邱心・

記得當初見燕青的時候，最感為難的是怎樣稱呼她。跟她其他學生一樣叫她「胡老師」嗎，好像佔了便宜似的，畢竟師生情誼需要長時間培養，斷不可如此「即食」，白白韜光。可是，倘若直呼其名「胡燕青」，在中國文化語境中，實在大大不敬。叫「胡教授」吧！又好像不應該那麼「見外」，當然更不會等而下之叫「胡詩人」或「胡作家」，那簡直是胡說八道了。幸好，後來我信了主，主內弟兄姊妹習慣稱名不稱姓，以示平等友愛，入鄉隨俗，我漸漸一聲聲「燕青」、「燕青」地叫她，坦然無懼，習慣成自然，比起之前任何一個稱呼，果然有一種「更暖」的親切感——雖然無論就人生閱歷、屬靈生命或者寫作道路各方面，在我心底裏，依然視她為「長輩」，她依然是難得一遇的良師益友。

以上一段當然不是為了顯示我對「正名」的癖好，而是「申報利益」而已——基於自我定位、基於對燕青為人為文的熟悉和敬佩，你或者已猜到，我的閱讀滲入很多主觀預設和情感偏好，只可視為特定時空下某一位讀者的看法，作不得準，非常「唯心」，絕非具示範作用的「理想讀者」（ideal reader）。換一個角度來說，我也可以肯定，正在閱讀這篇文章的你，以及無數可能閱讀此書的你們，在書中所看見的，肯定風景各異，互不相同。這或許正是「讀者反應理論」所說的：每一部作品之所以獨特，是由於每一個讀者都是獨特的。

書寫城市，基層角度

「書寫自己的城市」是《更暖的地方》非常突出的主題。雖然在燕青以往的作品裏，無論詩歌或散文，也有不少書寫城市的佳作，例如收錄在《彩店》的〈西邊街〉、〈隧道巴士一〇三〉、以及收錄在《地車裏》和《攀緣之歌》的部分詩作等，但論全書的組織結構，《更暖的地方》以「城市」為書寫對象，意圖則明顯得多。尤其是「城市」的街道，十三篇的作品裏（不包括編後記），直接或間接地以香港街道為篇名的已佔了五篇（〈牛津道上〉、〈花布傳奇〉、〈高街〉、〈太子道上〉、〈在牙縫中飛翔的紅色翅膀——美孚貼紙簿〉），倘若加上羅列奇怪街名的〈更暖的地方〉、特寫深水埗的〈春江水暖鴨先知〉、描述無處不在的香港茶餐廳〈茶餐哲學〉等，全書寫城市、街道的作品已超過一半。「街道」是城市不可或缺的意象，凱文．林奇（Kevin Lynch）在《城市意象》（*The Image of the City*）中指出，一個「可讀」的城市，必須有容易識認的街區、地標或者道路，才可組成城市完整的形態。燕青在抓緊香港街道特色上極見功力，加上獨到的觀察和文學修辭的精鍊，令我們習以為常的街道變得新鮮活潑：香港的街名例如德忌笠、砵甸乍、蘭開夏……，的確好像一個長着方塊臉的洋人，怪形異相。不過，另一邊廂，卻又有「荔枝角」、「花布街」等充滿鄉情小鎮的街道名稱，「本土」得近乎「老土」；而名副其實的「高街」，則「像一張既鈍且厚的劣刀，無論切甚麼都無法一刀兩斷」，結果既與「半山」殘餘的貴氣相連，但又有破破爛爛的舊區氣息。香港城市的混雜性質（hybridity），在燕青筆下，不是高度難明的學院理論，也不是小說、電影中故弄玄虛的「吧女」、「妓女」、「混血兒」等象徵，而是一條條親切可「走」的平常街巷。這是她的香港，也是你和我的香港。

香港社會的發展，與內地與台灣不同，這個小島並沒有經歷過農業社會的階段，而是在六十年代起，直接進入工業化的城市發展道路，香港人認同城市生活，而描述街道、構築城市的作品，不計其數，當中不少更成為香港文學的經典。燕青書寫香港的城市與街道，又有什麼特色呢？我想，就在於觀看位置的不同。燕青的定位是「基層」市民，這個「基層」不一定指經濟收入或社會地位，而是指一種她熱愛、投入而且參與其中的生活形態，屬於民間的、俗世的小市民生活。其中有「根正苗紅」、名副其實的下層居民，也有身份可疑、力爭上游的「中產」階級，然而無論富或貧，憂愁或快樂，他們都是普羅大眾的一份子，他們的生活在粗糙直率中充滿活力，吵鬧紛擾裏自有悲喜浮沉。香港風俗觀察者陳雲曾指出，香港是個「遺民社會」，不同時期的「遺民」避難到此，原因各異，但目標一致：就是尋找「自由」，開創前路，因此香港民間特有「自由創發」的精神。而燕青筆下，這種「自由創發」變成一幕幕活潑生動的街景：你看，〈未乾之地〉的濕街市，肉店老闆與主婦動口幾動手的對罵、〈搭枱〉裏尋常夫婦之間的中年哀樂、〈蘭姐〉中清潔女工對於枯菜殘花的愛護等，都充滿生命動感。

燕青對於城市世俗生活的投入，令人不期然想到熱愛上海小市民生活的張愛玲。但張愛玲的「愛」明淨如鏡，對俗世始終保持「貴族式」的距離，她最大享受或許僅止於在公寓內聽電車回家的「叮叮」聲。燕青卻真真實實往還於「基層」市民之間，其樂無窮，情味真切，這也許是兩人無法比較的原因。當代文論認為城市流動不居，城市人的活動與靜止的物質元素同樣重要。張愛玲的上海有的是聲、色、氣、味，缺的是「人氣」，沒有生命力的城市孤獨而寂寞。燕青的作品卻熱鬧非常，從她的家族、親朋到屋邨過路人，縱使不曾相逢，也像舊時相識一樣。

都市閒逛者

人群的確是城市景觀的一部分。然而，都市的人群川流不息，城市大眾沒有面孔、無名無姓，在匆匆忙忙之間就擦身而過，我總疑惑，對於不同年齡、性別、學識背景的人，為什麼燕青都能如此一一牢記心中，甚至可以模仿或戲擬他們的神情語態、代入他們的情感世界，把他們還原為活生生的「人」？薄薄的一本書，我們可以看到為子女升讀小一而奔波勞碌的母親、流連於鴨寮街的叔叔伯伯、愛情遊戲中的大學生、以及美孚新邨不分男女老少的街坊鄰里等。我曾經有過這樣的構想：燕青在各條街道上悠悠漫步，穿梭於熙來攘往的人群中，捕捉周遭人和事，就像本雅明（Walter Benjamin）筆下的「都市閒逛者」（flâneur）一樣，他散落在人群裏，卻沒有給同化；他也不畏懼人群，他在熱鬧中沉思：這樣的人群，究竟意味着什麼，與城市又有什麼的關係呢？他或許需要一個「檢閱台」，讓他彷如閱兵一樣巡視人群的每一張面孔、每一個眼神。

那自然不過是想像，我知道。香港不是十九世紀的巴黎，沒有華麗的拱門廊（Arcade），燕青的「檢閱台」只是非常「香港」的茶廳餐、大學校園和濕街市。燕青看到的也不是波德萊爾的「惡之花」，她關注的不是現代化城市的頹廢與黑暗，而是民間生活中的「俗之美」。她喜愛健康、光明與生機。她還故意不去描述城市脈搏的中央大道，不認為「中環價值」就是香港成就，她寫的美孚新邨和高街，住着的是尋常百姓家。她的「閒逛」有靜觀而沒對抗，有思考而沒悲憤，這是燕青對街區人事的獨特感受，她不是本雅明，也不是波德萊爾。

清明上河圖

是的，再讀深入一點，我不免要校正自己的看法。剛才的比附的確錯了。《更暖的地方》的民間情調，是中國式而非西方式的，如果我對「都市閒逛者」一詞仍有執迷不悟的眷戀，或者我可以說她是一個「民間浪遊人」，行走於大大小小的市集當中，看戲、買東西，觀人也觀景，就像張擇端《清明上河圖》裏的遊人一樣。《清明上河圖》要觀者一邊開卷一邊觀畫，而《更暖的地方》的篇目安排，似乎也要考考讀者的智慧。

《更暖的地方》中有一部分以寫街道為主的，但也有一部分以人物為主題的，例如〈鄰家男孩〉、〈鄰家女孩〉、〈蘭姐〉等。敘述技巧方面也變化多端，有些以第一人稱「我」為敘述者，類似傳統的散文；有些卻是第三人稱的，主角均有名有姓，有故事、有情節，類似小說體裁（〈鄰家女孩〉等），有些則近乎傳記體（如〈花布傳奇〉）；有些直抒感受（〈蘭姐〉等），但有些精心構思，佈局嚴謹（〈在牙縫中飛翔的紅色翅膀——美孚貼紙簿〉等）。然而，在篇目序列上，卻很難找到一條串連的主線，全書沒有按照一般做法，把「街道」和「人物」為題的分為兩輯，也不是按敍述方法或體裁分類。因為線索不明，全書不適宜「線性閱讀」，而應該像看畫或逛市集那樣，「散點」瀏覽。不是嗎？走過牛津道和鴨寮街之後，第三站就要停下來，到茶餐室歇一歇，那裏除了看到「躲老婆、刨馬經、造謠、賭波、趕稿、發白日夢」等各路「英雄好漢」之外，看仔細一點——原來還有一隻巨型蟑螂想分甘同味呢！不喜歡茶餐廳的，你可以駐足於花布街的某一幢三層樓房下，訪尋作者身世來歷的同時，挨家逐户讀一讀刻在店鋪上的興衰史，不遠處還站着鄰家的男孩和女孩，女孩的造型栩栩如生，女孩衣飾搭配原來很考究，領子衣袖上偷偷綴上一點點Lolita，腿上穿的是斑馬長筒襪，一看就知有一則現代愛情故事，待你細聽。《清明上河圖》用工筆細繪北宋民生的悠閒豐足，而燕青，運用同樣細緻的筆觸，加上多變的語調和手法，描畫小島上的眾生相。

更暖的地方

我差不多讀到編後記了，請恕我要再一次更新自己的意見。你知道，閱讀本來就是不斷調校思想的循環詮釋。這本書的篇目序列雖似無跡可尋，但首尾緊密呼應，構成完整的意思。不是嗎？開首離家，最後跟美孚的街坊打過招呼後，不就又快要回到家了嗎？全書原來是一個回家的旅程。途中她經過的街道人事，不純粹是對城市的靜觀，還瀰漫着濃重的個人回憶，其中有她童年對祖父母輩的記憶、少年與父親一起居住的日子、還有中學時代匆匆的步伐、成年後信主往返教會的必經之路⋯⋯。從這個角度看，本書不僅是一部描繪城市的作品，同時也是作者回溯「家史」、自省經歷的文字。繞過很多街道、風景、人事，作者終於承認這個「更暖的南方」——香港，就是她的「家」。然而，在朝氣勃勃的城市背後，私人空間裏的她，仍有令人不忍深究的「痛點」：〈花布傳奇〉裏家道零落的傷感、鴨寮街上齷齪的記憶、少男少女的情感傷害。盧卡契（George Lukács）

曾說過，現代人的鄉愁已不限於地理上的意義，而是心靈上的無家可歸。真正的「家」，應該是可以慰藉心靈、撫平創傷。香港無疑是樂土，但終非永恆之所。香港之外，應該還有一個「更暖的地方」，那才是燕青的歸宿，我們的家。

自序

（一）是羊人先來到的

這本散文集收錄了我十三篇散文。這些長短不一的近作，全都是寫香港人、香港事，並設景於香港街道、校園、地區的。通過書寫，我發現自己深愛這個城市，愛的程度遠超想象。在這個序言裏，我會向讀者呈獻這微妙的感情，甚至「畫公仔畫出腸」地把每一篇的信息都拿出來分享。我不經常這樣做，這一次是因為感受到來自內心深處的溝通意欲。

今年的賀歲電影《魔幻王國．獅子、女巫、魔衣櫥》是用童話來解釋深奧基督教神學義理的作品。原著者魯益師的好朋友托爾金（《魔戒三部曲》作者）說，他這個作品「太」寓言了。（「寓言」總得服侍「教訓」，有時不免要犧牲一點文學面貌。）對此評語，魯益師頗不同意。他說：「我最先只不過看見一個打着傘、捧着幾個包裹的羊人……」言下之意，文學形象的來訪，先於他深信不疑的基督教道理。我完全明白並且同意魯氏的話。真正寫作人的筆尖，都以心靈感官為起跑器。這本書裏的散文，全都衍生自某些「羊人」，某些「傘」與「包裹」。

為這本書寫序的邱心問我書中散文用什麼原則來排序。我的答案叫她驚奇。我說，把較長的散文夾在較短的中間，只希望讀者可以適時喘一口氣，不致悶壞。邱心笑起來，不大相信我：就只這樣嗎？沒有別的原因嗎？其實她的懷疑是對的。把〈更暖的地方〉和〈在牙縫中飛翔的紅色翅膀——美孚剪貼簿〉放在書中的一首一尾確是故意的。前者寫父親與我來港定居的過程，是在道緣由；後者說我們於此生下深深的根柢，是在明心志；邱心聰敏，一看就看出來了。

（二）同枱用飯

〈更暖的地方〉記述的，是一個大陸小女孩變成道地香港人的過程。請別小看這改變，那原來是非常艱難的。如果當時我已屆今日之年，這種文化上、感情上的徹底轉化，可能永遠不會發生。最好的例子是家母。母親近五十歲時從內地來港生活，直至最近才去世；可是，二十多年來她一直沒真正交過一個香港朋友，沒投入過本地的任何社團或活動，連一起晨運的太太，也無法成為她真正的「相識」。她只跟來自國內的某些親戚朋友見面、說話。為什麼她和本地人這樣格格不入？為什麼經過了文革，她依舊覺得內地人更令她舒服？我不知道。但因着這種明顯的分歧，母親和我經常站在不同的角度上觀照世界。母親常擔心我講話太直、會開罪人。她認為身邊的一切是一本龐大的《紅樓夢》，人不能不彼此遷就，為自己、為他人多留一點轉肘的餘地，一以自保，一以處世。因此，她雖然感情上偏幫黛玉，欣賞湘雲而討厭寶釵，卻在平日說話、行事和為人上更接近後者。她常常說我長大的地方是一片樂土，用「福地」來形容香港，卻不盡喜歡我的香港風格。她的家永遠在廣州，在當年小溪穿插、柳影飛揚的畔塘，我的家卻在獅子山下界限之北的深水埗。雖然是母女，我們一起吃飯的時候，心裏記掛的總是不一樣的人和事。

對我來說，香港這城市有着無法錯認的普遍的良善，隱藏的仗義；我們各自各忙碌，不愛說討人喜歡的話，沒有什麼高級文化，甚至有點不避平庸，卻做得到表裏一致；我們不多談理想，卻會傻兮兮地一頭扎進水裏，為自己的夢全力以赴。我們務實而機靈，充滿創意，頭腦都應用在生活上。我們也許並不優雅，卻也不愛附庸風雅；我們也許喜歡財富，卻堅持廉潔自守。我們也許會得意忘形，外遊時「聲大大」地玩鬧，但我們的內心天真、温柔，明辨對錯。我們幾十萬人上街遊行，秩序井然，教全世界大吃一驚。我們看見災難，會為受苦的人傷心流淚，然後努力捐款賑災，決不手軟。外地的養魚場使用致癌的孔雀石綠來殺菌，我們卻只責問自己的衛生及福利局局長。我們會向抗議世貿的南韓農民送上熱騰騰廣東點心，也會守在電視機前，為香港警察擔心到凌晨四點。沙士肆虐，我們的醫護人員雖然跟別處的一樣恐懼，但我們不逃跑、也不說謊。我們不輕易把「愛國」兩字掛在嘴角，卻會為國家女排喊個力竭聲嘶。一個比較幽默或親和的總理，就能叫我們衷心傾倒。我們把美國人口裏的恐怖分子稱為武裝分子，也不歧視穆斯林。在香港的奥運節目裏，我們看得見世界各國冠軍的雄姿，不如日本電視只重複播放北島康介，也不似澳洲鏡頭只對準大腳科比，更不像美國國民根本沒有機會知道自己的運動員怎樣搶奪了南韓選手的體操金牌。我們是真正自由、開放的國際城市。香港的暖，暖在有機會選擇善良，選擇看得見。

陌生人在酒樓裏同枱用飯，叫做「搭枱」，港人對此無不熟悉。在狹小的空間裏，我們互不侵犯，極有分寸地分享着眼前所有，甚至細緻地、輕盈地進行溝通。這篇叫做《搭枱》的短文裏的兩個中年人，正向下一代示範着親密和相愛，謹慎而頑皮地維護着對方的尊嚴和勢力範圍，幫助下一代磨合出温潤的夫妻關係。如同新的桌布慢慢變舊，邊沿向歲月的高點推移，年輕的一對有一天也會變成中年的夫妻。他們的愛情將不再是激昂刻意的肉麻宣言，言語也不再尖銳。到一切都變得不起眼的時候，家才真正地形成。

(三) 在獅子的左側

可是，香港人也有非常短視的一面。如果你問我，香港的哪一方面最須改善，我會第一時間回答：教育。

牛津道上的一家小學，栽培過我兩個兒子。這條路又叫做學校路，每天給送到這兒來上課的孩子不計其數。這些學校的歷史、校譽和貴族化程度不同，聚集在一起，形成一個殘酷的小社會。每一款校服都標誌着不同的社會階層、公開試水平和行內的江湖地位。〈牛津道上〉裏的年輕媽媽，正打算把女兒送進歷史悠久的天主教修院名女校就讀。她的心情很複雜，裏面有個人歷史裏貧窮的刻痕，有被拒絕的情意結和上爬高攀的欲望——只是沒有教育的概念。因此，即使她的女兒最後終於通過電腦抽籤給「攪」進了那夢寐以求的校園，她仍只能在自卑感的壓迫下脆弱地成長：「她長得比較矮小，聽説同班的堂表姐一直比她高一個頭」。牛津道迴旋處的每一顆洋紫荊，天天見證在這兒發生的教育悲劇，呼喚我們回轉。

反過來説，在鴨寮街當小販的日子，卻是我成長得最快的時光。也許，這才是真正的教育。我們小時候，母親一直給我這樣的印象：我們是不一樣的孩子，我們聰明、漂亮，得到最好的父母最優秀的栽培。母親也用盡所有力氣，使這個神話變成真相。在最貧窮的歲月裏，她依然講究品味，注重儀禮，對知識分子刮目相看，幫助我們明確選擇學習的對象。因此，我對自己的家感到格外驕傲。可是，來港以後，爸爸成了如假包換的販夫走卒，他最好的朋友一個是警察、一個是修理工人、一個是開大排檔的叔叔，好幾個是小販。可是他們給我的感覺卻更舒服。這種感覺重新教育、整理了我。我知道，他們是真心對人好的。我跟着爸爸在鴨寮街擺攤子，喝奶茶，吃冬瓜粒鴨腿湯飯，漸漸感到濃郁而野性的茶餐廳的氣味在自己的生命裏發芽生長。如果說，留在廣州和文革大火裏的母親和弟妹必須用《紅樓夢》的處世哲學來保護自己，父親和我，則已經無聲無色地偏離了賈府謹小慎微的航道，滑進了《獅子山下》的豪邁歌聲裏去了。鴨寮街養活了我們分居於穗港兩地的家庭，於我們有大恩德。我的一生，恐怕再難以離開此地的基層氣質了。

最近母親病重，父親每天去醫院看她時，經常和我到下面的茶餐廳吃飯。那天，爸爸叫了一客叉燒雙蛋飯，還告訴我一個小故事。初到香港打工，他連最起碼的午飯都不夠錢吃。一次，某位上司對他說：「我介紹你吃這個，很好吃。」「這個」就是叉燒雙蛋飯，「介紹」其實就是「我來付款」。今年父親七十六歲了，還記住這件事。這位叔叔付出了愛心，也保住了父親的尊嚴。往後爸爸就愛上了「這個」。我不知道那位仁者是誰，相信他和父親不過萍水相逢的朋友，這件事，他也許早已忘記了。此刻他是否依然在世，我們也無從得知。但他的溫柔，早已通過父親簡樸的敍述，永久進駐我的價值體系。人間善美，在香港其實隨處可見。我對茶餐廳的喜愛，老實說，大半來自對爸爸那些草根朋友的好感。吃得飽，吃得開心，吃得任性——叫人上火生氣的炸雞翅膀，讓人心頭滴蜜的西多士，一片冰心在玉壺的菠蘿油，羊脂沐髮長不梳的炒公仔麪，無不來自茶餐廳。鴛鴦既是奶茶，也是咖啡，因為茶餐廳既是茶樓，也是餐廳，是不收貼士的不二價食肆。如今，茶餐廳文化已經感染全球大城，從温哥華到北京上海，到處都有。我總覺得，寫香港不能不寫茶餐廳，何況我是吃茶餐廳的飯長大的呢？

（四）鄰舍與傳奇

〈蘭姐〉一文，是十多年前寫的。〈鄰家男孩〉和〈鄰家女孩〉分別寫於幾年前和去年。三位主人公，都來自我任教的大學。蘭姐真有其人，如今已經退休。我對蘭姐的感情很簡單：敬佩。她的生命煥發着某種難以言詮的秩序與忠誠，讓人羡慕。那是許多香港老百姓的典型品質，也是我這個糊塗、衝動且經常

「爛尾」的人心神嚮往的。這個中篇散文平鋪直敍，不需要任何解說，讀者一定明白（也許已經寫得太明白了）。

「鄰家男孩」是我的學生。他的成長頗不快樂，人很悲觀。可是，他聰明、幽默、早熟而有深度，非常吸引我。我以他為主角寫成的紀實或想像故事，不只一個。畢業許多年了，他仍會不時回校看望老師。我問自己為何特別喜歡他，幾番檢視反省，我發現這個年輕人的想法，原來很像自己少年時代的心思意念。我寫他，其實是在寫自己。他看了那篇短文，竟跑來問我：「是寫我的嗎？」我承認了，他說：「老師最了解我了。」其實，我是有點「自知之明」。

如果「鄰家男孩」寫的是一個人，「鄰家女孩」寫的則是一類人了。大學裏有許多性情不同的女孩子。相對於她們的男同窗，女孩子一般都比較用功、自律，大部分過着頗為嚴謹的生活，對學業相當重視。校園裏的「樊芷葦」不多，可是她們造成的破壞卻不小。也許經歷了父母離異的痛苦，也許因家境貧窮而缺乏自信，也許誤以為自己除了美貌再沒有其他成就，這個「她」須要不斷爭取他人的肯定來證明自己的價值。愛情是她的衣服，不穿上不敢見人。

蘭姐和鄰家男孩是真實的「人」，鄰家女孩是虛構的「人物」，那麼在我童年記憶一閃而過的種種角色與生活瑣細，則疑幻似真、似有還無，說不清是實是虛了。我寫完〈花布傳奇〉，去問父親：「我的記憶有錯沒有？」他說不少錯了，我這才曉得：寫作的時候，歷史的真相會由心理的真情取代，紀事的籌算會給創造的意欲征服。這事必然發生。花布街的店子結束，大家庭變成了小單位，流散到港九新界各城各鄉，親戚很少見面，家史模糊也難以求證了。祖父過世以後，我們更是聚少離多，部分親人分別已經移民澳洲或美加，音信全無，久不聯絡。最近幾次碰頭，竟然都在長輩的喪禮上。可幸的是，雖然平日「世事兩茫茫」，兄弟姐妹面容依舊親切慈和，一遇上就談個沒完沒了。不過，若提起小時候的事，誰都記不清楚了。但這又有甚麼關係呢？也許只有這樣，我們平凡的私事才得以變成大家的傳奇，變成這城市公有的歷史。

（五）即使等到兩點半

《高街》、《未乾之地》、《太子道上》和《牙縫中飛翔的紅色翅膀》四篇，寫的都是香港社會的變化。

父親帶我來港定居，經歷家道衰落，住進了小小的板間房（當時的公共屋邨少得很）。然後我通過了升中試，考上政府中學。我家裏窮，中學大學都向慷慨的政府要錢交學費，終於完成學業。接着，我勤懇工作，如今成了「中產階級」。聽起來也真叫人悵惘——幾十年時光，三言兩語就說完了，我的成長軌跡再典型也沒有了。

孩子還小的時候，我們把家搬到高街。雖然高街位在山腰，但其生活氣息讓我感到非常貼心和親切（畢竟我是在鴨寮街長大的）。從高街往上走一小段路，就是般含道了。這短短幾十公尺帶來的榮譽感上的分別，大得令人咋舌（看看地產公司的樓盤標價就知道了）。般含道號稱半山，而高街卻只能說是西營盤的一部分。聽説附近有些學校，就是用般含道作為分班原則的。住在這條街或「以上」地區的孩子讀A、B班，住在高街或「下面」的，讀C班，方便編配校車云云。我無法知道這是否實情，也不打算查考求證，我只想指出，住在高街附近十一年，讓我對社會階層這回事反省良多。

〈太子道上〉同樣是這種反省的成果。太子道的伊利沙伯中學，是當年專門收留窮孩子的優秀中學。什麼才是真正的豐盛呢？《聖經．路加福音》裏說：「貧窮的人有福了。」我無法想像：假如自己從來不曾有過貧窮的經歷，我今天追求的會是怎樣的一種生活？簡樸，原來是做到凡事謝恩的不二法門，也是學會享受點滴豐富的唯一進路。

當整個社會的生活水平都提升了，人的貪念和不滿足就要忘形地滋長。在地產經紀的口裏，我們這個城市的「折舊率」是非常驚人的。在別的地方，幾十年的房子一點不算老，但在香港，樓齡才五歲的單位，就叫做「舊樓」了。因此，三、四十歲的美孚「新」邨，簡直是鶴髮雞皮的樓中「人瑞」了。以前我的一位老師住在美孚，我們不知覺得他多闊氣。如今，在美孚最大的酒樓「飲茶」是可以「搭枱」的呢。不過，惟獨如此，美孚的日常生活才顯得特別地有味道、有興頭。我們這裏，深夜可以買得到田雞粥、雲吞麪、豆腐花、白天有糖炒栗子和煨番薯。樓梯下面的小空間是一家修補皮鞋的店子。高架天橋蓋着的，是一個五彩繽紛的濕街市。小商場內，萬寧和屈臣氏盯着對方來減價，大公園裏，老人和孩子一同氣吁吁地跑小步。所以我說，讓我們的生活再「舊」一點吧，「舊」一點的話，日子會過得更輕鬆。《牙縫中飛翔的紅色翅膀》裏面的美孚片斷，寫的只是我日常所見的小部分。我心目中的美孚有一點荒謬，有一點悲哀，也有許多暖洋洋的人間燈火。我們的世界狹窄，卻還有飛翔的空間。就像我，每天上班下課買東西開火爨，活在非常卑微卻必要的瑣務叢中，卻仍能閱讀寫作、展翅飛翔。我的心因此充滿了感謝。

也許，這些好日子不再常有，我們的世界正在急劇轉型。聰明善良的香港人須要不停適應這高速旋轉的時代。頭暈了，眼睛昏花了，但我們依然勇敢。找不到工作我們再接受培訓。失業了我們拿房子再做按揭。削資減薪了我們向菲傭說聲對不起、下班自己做飯。街市賣雞的攤子關門了我們到超級市場打工去。要殺校了我們到幼稚園去宣傳，搞更多課外活動。我們累了，餓了，仍堅持再等一會。午餐太貴。兩點半，我們就到茶餐廳去吃十六元的下午茶，把肚子填飽。我們是一定會熬過來的。

深圳說要趕上來了。新加坡說香港一切滑落鬥不過我們了。台灣說香港人太窮。上海說香港人太笨。我說即使天天要等到兩點半才有飯吃，我們就工作到兩點半吧。無論怎樣，我們最愛的還是香港。

(六) 感謝

這本散文集能夠完成，我最感謝葉輝。寫作界朋友這樣直接地鼓勵我的不多了。我已經不小，表面看來可以獨立上路了，不必他人肯定。但事實如此嗎？

不，我還是軟弱的，需要扶持的，我還是希望有人慷慨地告訴我：「我讀過你的新作，寫得很好。」有人肯說這句話，寫作路上就再沒有寂寞這回事了。

更暖的地方

——莫厭瀟湘少人處，水多菰米岸莓苔

小朋友的故事書常說，蝸牛都馱着自己的家走路，因為家太礙事了，所以蝸牛走得慢。我們豈止慢？還經常原地踏步呢。是過重的家拖拉着我們的後腿、把我們固定了？是家的空間太小，把我們局限了？還是家史過於冗長，把我們結結實實地給捆綁着？可能都不是。我們不過一直找不到自己的家——除了背上那沉重的壓力，我們甚麼都沒有。

父親把我從媽媽身邊用力扯開、帶我來港時，我剛上小一。當時我心裏有一種強烈的感覺：我們很快就能夠回家，分離不過是暫時的。但是，之後幾十年我一直沒回到廣州生活。那時我實在不喜歡香港，香港不可能是我的家。我常常認為自己不過在做一次離家夢，夢見一個紛亂的城市。那兒，沒有一丁點兒偉大可敬的東西——沒有英雄，沒有少先隊的紅領巾，沒有國旗的升旗禮，也沒有「祖國」、「犧牲」等叫人神往的字眼。那兒的街道名字都古怪庸俗。我在廣州住的地方叫永漢路高第街，後來改為北京路群眾街，前者的古典矜貴，後者的前進激昂我都喜歡。可我實在討厭甚麼花布街、大角咀和荔枝角道。香港人起的名字都太土氣、太原始了，看見就使人厭煩，你聽，德忌笠、鉢甸乍、蘭開夏……這不是太可怕了嗎？我雖然已經在香港這陌生的夢境中住下來了，心裏卻一直尋找自己的家。

可是，廣州的家漸漸破碎了。外婆離世，母親患癌，妹妹調到北京打工，弟弟失業……接踵而來的碎裂聲音，在我耳邊一直碰響，從少年響到成年，從未停止。無法回家的恐懼，漸漸清晰。廣州再沒有我童年時和貓貓玩耍、與妹妹約好才一同坐在痰盂上拉矢的那個家了。申請來港生活，正是母親和弟妹「回家」的方式。可是，心目中的這個「家」，他們連見都沒見過。如果知道爸爸和我不過住在一個六、七平方米的小房間，要跟許多家庭共用一個廁所、一個廚房，從千多尺老屋走出來的人可會習慣？

母親和弟弟到港的時候，電視台正開始播放第一輯《獅子山下》劇集。那時我已經是大學生了。電視裏的「香港人」，住的是公共屋邨，港台讓他們當主角，可見當時的典型市民，正是一般的基層白姓。我和媽媽弓身坐在雙層床床沿看電視，簡直是在看自己的夢想。能夠脱離四人一房的生活環境，住進一個公屋單位，成了我們「回家」的新夢。

二十年過去了。爸爸媽媽的家大多了。買了私人單位，公屋退回政府。馬鞍山恆安邨短暫的家，一度為我三個好動的孩子帶來了許多笑聲。在屋邨旁邊青綠的小徑上，他們一個一個學會了騎單車。這美好的「家」，如今已經退入記憶的貯物櫃，成為紀念品了。不過，另一些記憶卻須要用更特別的方法來處理，否則會成為生命的痛點。兩年前，媽媽帶我回到廣州的「老家」。我們站在樓下看那已經住進了陌生人的房子。媽媽指指點點，手指划出了許多往事的輪廓。我們在那兒站了一會，為頑強的過去畫上了一個地理的句號。媽媽沒哭，我也沒哭。我們離開的時候，媽媽還帶我去買水果。我說：「以前在廣州根本吃不到這樣好的水果。」媽媽還跟那小店的主人討價還價。我知道，那不過一個真正的商業社會必然的儀禮。挽了水果，我們向着更暖的南方走。

九七之後，過了三十年豐富日子的香港人變窮了。為了擁有一個「家」，我許多朋友都成了「負資產人」。放棄了高薪厚職的財政司，突然提起《獅子山下》這首歌，讓我感觸良多。電台為此重新播放這歌的時候，我難免激動了。我省視自己的心：原來我已經接受了香港這地方了嗎？我肯承認這依舊紛亂的城市是我的家了嗎？老套的尖沙咀、土瓜灣、鹹魚欄、西灣河……今天的我都樂意「據為己有」了嗎？羅文那緊張而激動的歌聲，還有黃霑濫情但勵志的詞句，竟使我的淚水簌簌而下。淚光中我忽然看見梁錦松在港大九十周年的會展晚宴上，跑到台上去搶何東的 gong，我也看見退休不久的陳方安生站在何東的「女孩」叢中大聲罵他，我看見自己剛入大學時不敢進圖書館被同學取笑的狼狽相，我看見質感清晰的過去正逐步覆蓋了自己童年時強大的回家夢……回家，原來不過指真正地接納一份意料之外的禮物。每個孩子都有過這樣的經驗：我們要的，不是父母送的。成長後我開始知道，天上的阿爸父，已經把更好的送了給我。我不過一直站在一旁發脾氣不肯要而已。今天的我，畢竟不再是渴望戴上紅領巾的廣州孩子了。我來香港的一刻，原來早已把家也馱來了。

中學時，校歌裏有這樣的一句話："'Twas mine, but was not mine alone." 有甚麼比這話更能形容我此時此地的情懷呢？我的家，原來就安立在妓女小販黑社會和許多老實工人掙扎求存的深水埗，在旺角小丘上那聚集了九百貧窮少年的伊中，在西營盤半山那漾溢着濃郁英國氛圍的陸佑堂，在獅子山腳那小小的喧鬧的大一教室，在街坊街里穿着拖鞋上市場的美孚「新」邨……

這地方，就在我腳下，也在我不大穩當的肩頭上，名叫香港。

牛津道上

牛津道迴旋處是一個美麗的匙孔。上面的八棵洋紫荊，全都是鑰匙。誌二〇〇一年小一「自行分配學位」放榜日。

宜芳使勁握着駕駛盤，握出手汗來了。今天是小一自行選校學位公佈的日子，也是宜芳期待了整整三十年的日子。可能正正因着這出師無名的期待和它的重量，宜芳的過去一下子失控地湧動起來，絕望的感覺瞬間從所有的毛孔同時冒出。牛津道上這短短幾分鐘的堵塞，變得很長，很深，沒有底似的，而她整個人正在往下掉。從仔細畫過的眉毛、描得清楚的唇線和熨曲了的睫毛開始，她恥辱的熱感不住冒出、上騰。空調寶馬內的那聽得見的靜寂，攻擊她剩下的知覺，把她整個人都擠向那黑色的角落。三十年的等待，兩代人的掙扎，還有無堅不摧的意志全都付上了，孩子依然榜上無名，這可能嗎？

九龍塘的十二月，熱也熱夠了，那又黏又稠、給季節上了膠漿的水墨雲，讓忽然刮起的大風趕散了。香港的秋天很美，卻只有一個月長，但溽暑的痕跡須要更長的空間來削散，再清涼的秋天也不夠抵消炎夏的淩辱。高尚住宅區密集的冷氣機胡胡不輟地叫了大半年，此時一一喘出最後一口濁氣；忽然打壓而下的靜寂，把六個月來的悶吼折斷；但那些方盒子卻仍然一隻死人眼睛那樣吊在樓房脫粉的臉上。樹葉的顏色在綠黃之間猶豫不決，卻調和出了一種反常的青澀，那是一種沒有明確目標的等待，是老人家常説的「漚」不完的等待，是堵車的時候誰都逃避不了的等待。

前面的平治房車裏一片歡樂，雖然隔着兩片玻璃，宜芳仍可清晰看見那坐在後排的女人，她正摟着那只有幾歲大的女兒咧嘴嬉笑。那女人可恨的側臉切割着車頭湧入的光幅，在宜芳眼中，直是一張滴着涎沫的邪惡狼臉。

牛津道不短，但最為人熟悉的卻只有一小截。這百來公尺，由蘭開夏道開始到綜合球場前面的迴旋處為止，是一段窄窄的雙程路。然而，這所謂的雙程是假的。到了迴旋處，任你是誰，都得轉彎往回走。迴旋處的西南角，長着一條小小的、從太子道爬上來的尾巴，叫做何東道。抄這小路上來的，也不容易回頭，因為這是單程路。每日上課前，名牌房車列隊而上，上來了，總得跟着大隊呆呆守上一會兒，才得以開脫。

宜芳開心、自信、興奮的時候，會叫自己做 Yvonne。不暢快的日子，又忽然會變回宜芳。Yvonne 這個洋名，是她中二那年，念名校的表姐 Betty 給她起的。她自己從來沒見過這樣特別的名字。她最要好同學分別叫做翠蓮、燕萍、鳳英和合好。Yvonne 一名沿用至今，將近二十五年。

這一段不長不彎的路，不知成了多少人牢固的劇本。沒有一個劇本是獨立的——故事與故事之間，情節和情節緊緊相扣，場景和場景幕幕相剋；悲劇演來演去都演不完，一幕告終，主角念台詞念得快累死了，卻仍躲不開下一場沉重的戲份，劇情仍在等他；配角恨恨地站在暗處，一站就站了許多年，想說一句話，卻怎也插不進。即使一天這故事忽然落幕了，彼此回頭成了觀眾，台上走過的位置已經不大記得，但那種累和那種恨，卻依舊清晰，長久隨着回望的眼睛到處流轉、到處審判。

那一年，宜芳讀中四。表姐說：你叫宜芳，就叫做 Yvonne 吧，中英發音這樣合襯，實在不作他想。宜芳比表姐矮一個頭，對於不同平面的思想總是難以信任。她抬起眼睛看看表姐，表姐正漫不驚心在看電視。宜芳試探着說：「這名字挺好聽呀。你自己為甚麼不用？」早習慣了宜芳的說話方法，表姐也不懊惱，只稍微扭頭看她一眼：「我出生證上寫着 Elizabeth Liang，爸媽決定的事，還能改嗎？」宜芳每想起舅舅和舅母和他們話語中有意無意冒出的英文字，就恨得咬牙切齒。舅舅可以讀洋書，因為他是男孩子。媽媽只有小學程度，因為是女的，要帶弟妹。由於沒有文化，她嫁的只能是同樣沒有文化的爸爸。母親雖和舅母同年，但風霜滿面，舅母卻保養得極好，兩人看起來像母女；自己和表姐呢，肯定一眼就見出是丫鬟與小姐。她穿的永遠是表姐須要打發的舊衣服，但自己太矮，所以只能穿兩三年前的過時款式。「為甚麼？」宜芳決定不相信她：「你不是叫做 Betty 的嗎？為甚麼又叫 Elizabeth？」表姐很驚訝地回過頭來，皺眉道：「不會吧？難道你不曉得 Betty 就是 Elizabeth 的暱稱嗎？」

但是，真正在牛津道上學的孩子都曉得，那些給堵在路上的車子全是活該的。如果用腿來走，牛津道堪稱四通八達。西奔的小巷一根棉線那樣接合縱向的窩打老道，路上全是碎蔭濾過的綠色陽光，中途有一家小小的古老士多，賣瓶裝可樂那種，叫每個孩子路過的舌頭在做家課之前都甜上一陣子。南面的球場響着各種大球的鈍音和少年的喧叫，向橫伸的人子道攤展。不遠的一片繁華正是食肆林立、飄着南北飯香和住家炊煙的九龍城。而那一片近在耳際的悠悠鳥浪呢，正是高木參天的九龍仔公園，上面有人在練跑，也有游早泳的，打網球的，喝茶的，談天的，觀鳥的，下棋的和專門發呆的。一旦肯從牛津道的核心輻射出去，總能找到種種有趣的過日子方法。

校園裏的人太多了，許多不同的香水味揉成一團，集中在榜前小小的空間，一觸及就使人想吐。不用看也曉得表姐的女兒考進去了，因為表姐是舊生。宜芳一次又一次定睛搜尋榜上的號碼，看了很多次才接受了女兒落榜的現實，淚水隨即糊住了女兒的前路和自己的尊嚴。身邊有些母女正興奮得扭成一團，另一些拉着媽媽的手的女孩卻開始啜泣，被皺着眉的男人一把拉走了。幾個失望的母親高聲指罵香港的小一派位制度，愈罵愈兇。宜芳急步走到她們面前，忽然大喝一聲：「收口啦，死八婆！」在她的吼叫下，世界靜止了十秒。人群靜靜從她身邊散開，不久又開始聚攏，小聲說話。她頭也不回地穿越校門，並且發誓一生不回頭。

牛津道上有許多學校。有以創意思維為教育軸心的新式小學。有政府和馬會合辦的基層男女中學，也有力爭上游以求在公開試中有好表現的津中，也有百年名校兩家，一為男校，校風淳樸活潑，孩子們整天打球跑步、自由自在；一為女校，那兒的學生英語特別好，校舍格外美，聽說還培養過一兩個中文極佳的女作家。所以，這條路又叫做學校路。每天，在這兒進出求學的少年兒童超過一千人。

第二年九月，宜芳的女兒開始在牛津道上的貴族女校上小一。宜芳每次只駕車把孩子送到門前就離去，因為她曾經發誓不再走進那地方。孩子是後來電腦攪珠時給「攪」進去的。她長得比較矮小，聽說同班的堂表姐一直比她高一個頭。

春江水暖鴨先知

深水埗汝州街上有一個小廟苑，裏面胡亂擺放着些水桶和晾衣工具。內有兩個小廟，一奉北帝，一拜哪吒。這忽然冒起的紅磚綠瓦，在新廈舊鋪之間特別地惹眼，像年畫上的大紫明綠；但是，廟門內捧奉着的卻是大團黑暗，裏面物件傢具模糊不清，三數黃燈，搖搖晃晃吊在寶殿上。我往裏看，總不見人，只看到廟堂深處有一團圓形的白光。原來是個小窗呢。窗的那邊，就是整個深水埗的焦點所在——鴨寮街了。廟門上掛着一雙對聯：「驅除癘疫何神也？功德生民則祀之。」一人道主義得很。深水埗的世界觀，給這兩句話說盡說透了。但是，比起這小廟供奉的神，鴨寮街好像更有「生民之得」。數十年來，這條街養活了許多人，但從未要求那些寄生於自己身上的人回頭膜拜它。

有時「走進」了鴨寮街，才省起自己一直就是沿着鴨寮街走來的。真的，鴨寮街長得難以置信。但只有給南昌街和桂林街垂直切割出來的這一小截，才是「真正的鴨寮街」。二十多年前的鴨寮街像甚麼呢？像一塊褐色刺繡的底部，刺着密集的針步，整個圖案凌亂得教人暈眩。最惑人的，是那上面的線頭全都好像有生命似的，尾巴給扎死在泥裏，蟲一樣掙扎蠕動，不停往上拉扯自己的身體。那時父親在鴨寮街上有一個小攤子，賣無線電收音機。我放學去找他，每次都要跨過大大小小許多攤檔。它們擺賣的東西很奇怪地聚攏在一起：收音機零件，男裝原子襪，專門給懷孕女人看的嬰孩相片……，組成一種夢一樣的雜亂無理的召喚。大熱天，聖誕彩燈在驕陽下一閃一閃喘着粗氣，雜誌封面的裸女卻因為年代太久遠、面孔過份端莊而顯得滑稽。

不知何故，來看攤子的人好像都沒有購物的意圖。真正來買東西的，總是匆匆趕來、一聲「老細」之後說出要找的貨物。攤主自然也乾淨利落地呼應一聲，從自己口袋深處或攤子的底架找出他要的東西來。顧客匆匆離去，有時竟也不見他付錢。他走了，「老細」依然繼續同鄰攤的人瞎聊，聊得高興了，索性各自放下攤子任由它晾在驕猛的太陽下，一拐彎就躲進那街角的茶餐廳「涼冷氣」去了。

我常常校服未換，就隨着父親去喝奶茶。茶餐廳有點髒亂，紅棕色的基調，防火板的質料，人不多，全是熟客，桌上鋪着磨得花亂的淡藍色厚玻璃，上面的水漬茶印、煙蒂糖粒；給伙計濕濕的大布一掃，就變成一畦小小的空間，使休息的感覺油然湧動。伙計與茶客邊聊邊罵，聲調激昂，最後一方拋出一句粗話，大笑着分開，喜怒情仇就此了結，絕不拖泥帶水。坐久了，會有地拖掃過你的鞋面，鎅造的痰盂心慌意亂地跳。我挨在父親身旁吃奶醬多，把多士揭開，一分為四，小口小口地咬。吃着吃着，就感到淒涼。那時總覺得午茶的時間太短，而少年的日子呢，卻太悠長。

回到小攤，父親坐在一張木凳上，拿着抹布不停擦拭那些五顏六色的塑料機殼。客人來了，站在前面，一站就站好久，也不議價，只怔怔看他工作，好像這樣就能從生命過多的空白中得到拯救。父親有時會看看眼前這微禿的中年人，胡亂說一兩句話，例如「這天口，真熱，易病」，或「性能比新機還好，拿去看看」。不過更多時他只會看對方一眼，看那男人把手從袋裏抽出來，換一個姿勢，又繼續他站的工夫。

湧動的人潮滲入了攤子之間尺來寬的「通道」，眾人很諒解地互相推擠，又互相忘記。過客如此，在這街上過日子的人也一樣。一次在街頭碰見父親一個朋友。我平日叫他叔叔。他向來可親，黃棕色的寬臉上是開闊光亮的前額，下頷鬍子隱約地生長着，一看就知道是個能吃苦的人。我見他迎面走來，就跟他打招呼。他燦爛一笑，忽然用力擁抱着我，渾身酒香灌入我的鼻孔。我已經讀初中了，意識到發生了甚麼事。下午兩點多，陽光狠狠煎炸着街道。我一聲不響，極力掙扎。掙脫了，與他面對面站着。他變回平日的叔叔，晃晃蕩蕩地切入花亂的人流，消失了。我平靜地走回家，卸下書包，做功課，然後開始燒飯。許多年後，我把這事告訴父親。他聽了只沉思一會，說那位叔叔原是個好人。我點點頭，心中一個小小的死結給扯散了，綁繩上面只剩下微彎的痕跡。但在綿長的歲月裏，我漸漸感到自己的肩頭出現了一種奇異的痕癢，好像那地方要快長出翅膀來。我是一定會離開深水埗的。

深水嗎，是不能測透的液態寒涼？是虛柔的水的狡猾？而鴨寮呢，總有鴨的毛屑在空中亂舞，糊了視線，混了空氣；鴨糞無孔不入地描述着呼吸的味道。我多年堅持着離開的念頭，但許久之後，我發覺自己是不可能離開的。熟悉和擁有原是同一種感情，而愛和叛逆，也不過一種觸動的兩面，人長大，就漸漸曉得了。住在深水埗的人，一生泅混於此，老是想逃，但總有那麼一天，我們發現自己原來更不習慣水清無魚的寡淡。深水埗是我的故鄉，而故鄉是天父的恩賜，從來就不是意志的選擇。在深水埗住久了，會從飄零寄居的不安之中體味出落腳的安全和慵懶，而這感覺，又令其他一切地區成為新的飄零與不安。所以搬來搬去，我還只不過從鴨寮街搬到了美孚。自歲月的這一頭回望，一切變了，卻也未變，我不過一直走在鴨寮街上。這一截走來比較安靜，但也單調多了。

茶餐哲學

香港到處都有茶餐廳。可能在旺角，可能在大埔，可能在離島小市集，也可能在中環大廈之間那滴着冷氣機污水的小巷，你會看見這些親切的小食肆。它不是上萬尺的大「茶」樓，也不是鋪着兩重桌布的正統西餐館。此處有茶也有餐，舉凡奶茶、檸蜜、豆冰無一不備，午餐、晚餐，中餐、西餐一應俱全。這是典型香港人拍烏蠅（「拍烏蠅」不是「打蒼蠅」。前者描述無聊與無奈，後者在除暴安良）、躲老婆、刨馬經、造謠、賭波、趕稿、發白日夢（「做夢」太做作、太文藝腔，「發夢」像發牙一樣，是「發」給自己看的，有趣多了）、改作文、講耶穌（這和「傳講耶穌」不同，請勿誤會。「講耶穌」的人講的哪裏是耶穌？）

暗中相睇、傳銷產品、咒罵老闆或「發噏風」的地方，這是沒有任何餐桌禮儀、沒有衛生要求、沒有代客泊車、沒有制服侍應，也不必付出任何花邊小費的地方——是清清楚楚、義無反顧，眼不見為乾淨的樂園，天地小事而五臟全。

真小人真得可愛，偽君子無處偽裝。沒有人會為茶餐廳裏的一頓飯悉心打扮，只有真正的老友（見面時先對罵兩句才切入正題的那種），方會約你到茶餐廳去。一個人的時候，你也會到此找尋個人天地。那均勻的嘈吵，總能為你創造安舒的空間，使你精神高度集中。連平日引來尖叫的巨型蟑螂也能感染到這種平安——女士看見只會稍微移開，男士更樂意同牠和平共處。好友吳思源説，那冒失的家伙若真的落在衣服上，他最多會用指頭輕輕一彈，送牠回到卡位的縫隙去。事情要分輕重，茶餐廳裏沒有人會為一隻全無惡意的小蟲壞了自己的情趣。男人一生，最重要的是「睇報紙」，報紙和眼鏡中間的距離就是宇宙，叫人感到安全和自在，此時若有一杯熱鴛鴦在手，為他的私人情懷添上點點飄動的煙霧，回家之時老婆再囉嗦也就沒有甚麼了。

說到鴛鴦，真是港人的偉大發明。國人所謂中庸之道，就這樣從茶餐廳每一個厚邊杯子延伸發放，其深入民心的程度，使人吃驚——醫謂奶茶寒削，咖啡燥熱，混在一起才好。最討厭酒店或高級餐館的所謂「奶茶」，茶不成茶、奶不像奶的，幼條子液體由一個作態的鋼壺倒進白瓷杯中，比水鬼的尿還要稀。茶餐廳的「茶」，聽說是用雞蛋的殼熬出來的，色調深得看不透，但營養豐富，濃鬱的苦澀中自有一種「對得住人對得住自己」的深層肯定；香噴噴的微黃花奶也柔暖光滑，一看就知道那是處處留有餘地的成熟圓融。奶茶中切入氣味略焦的咖啡，真是神來之筆。兩者一混和，香氣馬上變得複雜神秘，教人疑幻疑真，如同在過多的風霜裏澆入一點點灼人的天真。鴛鴦入口，感覺獨一無二，除了香港人主理的店子，全世界的食肆都無法提供。

茶餐廳沒有禁煙區，無論二手一手，人人都分得幾口；像慢慢滲入人群的失業率，這煙無處不在。但來吃東西的人好像已經把這種悲哀也算進生命的成本裏，咬牙不提了。由平治後座走出來的負資產，從出道倒楣到退休的窮光蛋，大肚子的中年小康，穿校服的初中小子，全都願意在茶餐廳留下他們最好的時光。這些天，香港的日子有點暗淡。但這不打緊，此地一切，價錢絕對公道合理。下午茶，三點三，散布港九新界每個角落的茶餐廳正此起彼伏，夜星那樣，一閃一閃地亮起來。

花布傳奇

小街已經消失，私史已經模糊，
感情的卷匹卻仍等待記憶的尺子來量度。

祖父去世時九十四歲，走前沉默三月，不吃不喝，靠胃管維生，未肯留下言語。清晨接到消息，我知道他已經走了。他以最輕巧的方式離開了我們的生活，像一片給塗畫過的廢紙飄離蟲蛀的窗櫺，帶着零星落索的紅漆碎片，大白天嚴厲的瞪視中悄悄消逝。

他破產時才六十多。錢都丟失以後，才知道當日雄霸廣州布業的年月，不過一場拖得過長的夢。我沒有任何辦法具體描述祖父，因為我們說過的話畢竟不多；他的形象，我也只能通過一種外在的氛圍來重組。祖父一生拖着長長的、布滿膿瘡的戲劇尾巴。背後那一連串血肉，提不起也割不掉；發炎的傷口張張合合，劇痛中拖過了晚清末年的簷蔭，拖過了孤兒流徙的童年，拖過了抗戰南湧的足踝，也拖過了文革嗜血的碎玻璃。最後，更拖着三兒一女漸入中年的臉容和他們的家庭來到了香港。他用了三分一的歲月來建構自己的人生，又用三分一來發現這種期待的荒謬，最後用盡了餘下的三分一來忘記先前那三分二。

我站在他末後三十年前那個時間刻度上，用微小的身體切入他那正在逐漸瓦解的王國。我第一次看見他，就知道當時他說的每句話，都要成為他勢力範圍內的絕對真理。六二年我隨父來港時，只有八歲。祖父叫人把我帶去燙了髮，讓我看來更像香港出生的孩子。在他和周圍人事的體系中，我顯得渺小，卻須要花很大的力氣去調校自己，好成為其中一份子。

花布街在中環，原名永安街。祖父剩餘的「天下」就安插在那裏：三層高的小唐樓薄得像紙牌，卻擁擠得像蜂巢。鋪子在那裏，家也在那裏，祖孫三代親戚伙計統統堆在那裏。許多人進進出出，人人用鄉音說話，大家臉上一點笑容都沒有。祖父好像從沒察覺我的存在。我和爸爸一到港，就被他那複雜的帶着絨線氣味的精密系統一下子吞滅了。我想念留在廣州的媽媽，一天到晚站在那兒哭，但一切運作如常，誰走過我身邊都繼續走，好像那地方本來就為一個不住哭泣的小女孩預備了位置。

花布街很窄。走在裏面，必迷路於狹長的布匹森林。布香是奇特的，像一種會生長的欲望，帶來被觸摸被擁抱的聯想。呢絨似樹，彩布如花，布軸在街的兩岸高低嶙峋地斜斜傾出，匹卷盡頭飄動着透光的布片，把風抱個滿懷，一味的呵護揉捏，最後盡情拋向那焦脆的、七巧板圖案一樣破碎的藍色天空。我抬頭看着那給簷幕和布尖切割得七零八落的夏天，就感到自己正在做一個悶熱的夢，心中充滿蘇醒的渴望。因為以前每次從噩夢中醒來，母親總在身邊。

賣布的店子一家挨着一家的，外貌酷似，上街回來，我都要迷途，常常跟着大人走到了店前還不知道，到赫然認出了胖子姑父才曉得已經到家了。姑父的工作，就是站在店前和過路的女人聊天，聊得夠久了，她們就會進來買布。小伯父也在店裏打工。他很高、很瘦、臉紅黑，長着小孩一樣友善的腮幫子，但從來不笑，濃眉向心地壓在圓大的眼睛上，教人看着害怕。但我直覺他是個極好的人，因為他有時會低頭看看我，而且肯同我講話。我不大了解伯父的表情，如同我分不清各種呢絨的貴賤。我只知道，他是店裏的買手，他買甚麼回來，店子就賣甚麼出去。他帶回來的布範，不是深藍就是灰黑，一點不好看。我就此問過祖母。祖母也有好看的小小的腮幫子，讓人感到她的樣子本是用來笑的，但她也不常笑。來歷不明的歐洲血統教她看起來很白，像透光的瓷。我隱約記得她嫩滑的皮膚下暗暗游走着許多的藍色的微血管，使我想伸手去摸。但她一開口，那混血的感覺馬上給純正的中山話沖走了：「傻孩子，你祖父賣的是呢絨，不是那些便宜的花布呀！」我說：「但花布好看多了！」這時，祖母會把她的寬臉和高鼻認真地轉過來，眼睛上上下下地打量我，愣一會，又回過頭去，輕輕說：「土娃娃。」接着又忙她的午飯去了。她天天要做兩次吃飽十多人的飯，每次見她，總是在熱氣騰騰的廚房裏忙着，白色炊煙的合抱下，她的背影寬大而孤獨。

相比起來，庶祖母的溫柔卻沒有一點親切感，她太幽雅了，一點趕不上店裏匆忙的節拍，只會在鋪面閑坐，行動安靜得可怕。聽說因為她眼睛不好，所以不用買菜做飯。她的工作，好像就是每天在木梯上來來回回走幾趟，除了輕輕喘氣，她從不發出一點聲音，像個正在尋找歸路的幽魂。她負責看管我，包括和我睡在同一張床上。她的床放在閣樓，兩頭都不着牆，空位多着。閣樓的天花很低，走在上面，大人須要稍微彎腰。如果我可以選擇，我寧願和祖母同睡，因為我感到她是真心疼惜我的。但祖母是跟祖父睡的。庶祖母呢，卻罵我是壞孩子，說我睡時不住翻滾，讓她頭暈。我生她的氣，總想問祖母她是不是所謂的狐狸精，但終究沒問。因為我知道狐狸精都長得很漂亮，但庶祖母疲弱、蒼黃，一身都是驅風油氣味，頭髮鬆散灰白、還是個內斜視呢。這樣想着，就覺得祖父很蠢。不過她身上穿的都是上好的花布衣，輕飄飄的，人散發着無法錯認的「女人味」。可惜，祖母看來比她強壯許多，所以沒有一天半天不用幹粗活。離開花布街才數年，她中風遽逝，一生勞碌未曾得到半點回報。她走後，庶祖母卻病了許多許多日子，最末幾年，祖父用盡他所有精力來服侍她，二人恩愛纏綿。在她身上，我體會到甚麼叫做多餘，也體會到這種多餘所衍生出來的巨大爭勝力。

媽媽告訴我，祖母中年時仍是非常漂亮的女子。她的悲劇，是一生都不知道怎樣用柔軟的話語去討好自己的丈夫，只知道在他納妾之日痛心上吊。最後雖然被救，人生的美好花紋畢竟已完全消失，剩下的只有絨黑的等待——等待兒女成長，等他們在不同的年代裏為她重組家庭這概念。年輕時，祖父和祖母是很恩愛的，但祖父生意漸漸成功，祖母的勞碌形象就成了男人眼中一種可憎的粗糙。一念及此，我就悲從中來。我努力用心靈的眼睛為她穿上花布街上最好看的布縫出來的長衫。但是，每次我都只能看到她穿着寬大的黑綢褲，上身背面，是圍裙帶子紮得緊緊的一個結。

爸爸是祖母鍾愛的孩子，排行最小。大伯父航海去了，小伯父一個人在店裏忙得不可開交，於是爸爸同樣被祖父的店子收納下來了。自此，父親日漸消瘦。

照理一來到香港就有了工作，應該很高興才是，但他一點不高興。他的頭髮很不自然地往後翹起，吐放着髮乳的亮光，凸顯出皮膚病態的臘黃色。他額上總躺着一綹逃脫了頭臘的碎髮，像一片零星的夢想。祖父認為精神奕奕是一個生意人不可或缺的德行，但父親的眼睛卻深深窩着呢絨色的疲倦，兩頰下陷，人破碎得像地上等待清除的布屑。那神態、那表情，愈看愈像只會皺眉的小伯父，兩人的憔悴成了店子的標識。父親在國內原是個畫家，眼睛討厭固定的圖案，花布的印刷使他怠睏，呢絨的經緯更讓他氣餒。每次攤開灰黑色的匹卷來量度，他的動作都很快，但也很馬虎。這和他攤開畫紙畫布時很不一樣。我看過他畫畫時的臉。那上面游動着柔和的光，臉色一直隨着畫中的內容變化，上面有微笑、有慍怒，也有綿長的思考和失神的天真。但現在他呆呆坐在櫃台後面，看起來一點不像三十出頭的人，反像一個垂老的看更。

那是一幢三層高的房子，很窄、很長，從店面打圓形木梯往上走到一半，有一道門，打開就是一個小小的夾層空間，我生病時，他們把我放到裏面去睡覺，睡到退熱。三樓有一廳一房，房上就是硬間出來給庶祖母睡覺的閣樓。閣樓上還有一個天台，廚房就是在天台僭建出來的。每天，我就在這幾層樓中間上下游蕩着。到了暑假，我發現跟我一同游蕩着的還有我的兩個堂哥哥——大伯父的小兒子和小伯父的大兒子。白天我們是不准到鋪面去的，晚上店子關了們，布匹上了櫃，店內就會空出許多木架子，每個都足以藏下一兩個小孩。這時，哥哥們都會鑽進架子躲起來，蜷曲着的身體抵着木塊，享受被放逐整天之後那方方正正的安全感，三人在那兒有一搭沒一搭地說話，玩賣布遊戲，一個扮店員，一個扮顧客，玩到被大人叫去睡為止。

小哥哥和我同年，也是八歲，長着紅黑的臉，眼睛大得像葡萄珠，老是笑，直是Q版小伯父。他很會下棋。大哥哥不理他的時候，他就來找我，說要教我。每一着，他都會伸手過來「教」我怎麼走，然後逐步吃掉我的炮、我的馬、我的車。最後他會說幾次將軍然後拿走我的將帥，宣佈他贏了。他一贏，我就很高興，因為終於可以去玩別的了。他也會從暖水瓶倒出一杯熱燙燙的水，把幾顆鹹脆花生放進去，說這樣就可以把花生煮軟，叫我一直跪在椅子上看守杯子，但不准吃。每次我都忍不住全部吃了，他回來之前，我會放進另一些，他吃的時候還是會說：「果然煮軟了呢，好吃。」我們就是那樣地如魚得水，堂兄妹倆親密得像一對雙生子。

大哥哥那時有十三歲了吧？他的點子更多。有一次我氣管炎，他告訴我，人咳嗽了，如果一直治不好，就可以抓來一條壁虎，用生菜的葉子裹着，然後把牠活活吞下，壁虎嚇慌了，自會在你的喉頭上亂撲狂抓，把裏面的痰划鬆，咳嗽的人自會好起來。我和小哥哥聽了嚇得半天說不出話來。

那時，我最害怕的是洗澡。人太多，要輪用廁所，大人就吩咐我和哥哥們到天台上去洗。我雖然只有八歲，但在哥哥們面前洗澡，覺得很難堪，但最終還是洗了，每次都很努力地意識自己的「小」，讓自己好過些。洗澡時黃昏早至，天色變灰，周圍的高樓大廈已經亮起了霓虹燈。記憶中，中環最亮最紅的兩個字是「廣安」，但大城市俯視眈眈，廣而不安。我把衣服一件一件地脫下，最後才脫內褲，然後急促地坐進水盆裏，用手臂環抱着自己的身體。看着水面小小的毛巾在紅紅綠綠的倒影中包着一泡氣，心裏就有說不出的想哭的感覺。

同樣在天台上洗澡，哥哥們卻鬧得歡快，潑得一地是水。我還記得大哥哥不知那兒抓來了一隻小貓，放到蓄水桶中說要替牠也洗一洗，我大叫着極力反對，但他們還是做了。小貓後來不知是淹死還是冷死了。大人們因為大哥哥把水弄髒了，揍了他一頓。

祖父鋪子門前有一個牌子，寫着「真正不二價」五個大字。許多年後我才懂得，「真正」是店子的名字，而「不二價」則是「一口價」的意思，是做生意的態度。祖父離開花布街時，大概就因為這種不肯變通的性格，落得一窮二白、債務纏身。他唯一的一次「變」是變了心，背叛了祖母。但說到做生意，誰可以改變他的「不二」呢？在一切模糊發芽的六十年代，花布街仍是充滿可能的地方。整條街散發着一種鬧烘烘的節日氣氛，直如一個廣東羊肉鍋，有愛美的女人就像有火苗在下面燒着，沸騰的肉汁上不住冒出新鮮的泡泡，欲望的香氣撲面而來。

哪一位太太走進花布街，不抱個滿懷才離開？花布的新料子美不勝收，每一種都可以變出陳寶珠的斜襟唐衫和蕭芳芳的西式百褶裙。大葉碎花圓點斜紋，一攤開盡是風景。但祖父堅持只賣呢絨，他相信一碼絨就抵得上十碼花布。可他從沒想到，一套西服可讓男人穿十年，而女人的衫裙卻須要天天變換。愈來愈繽紛的花布街，終於嘔出最後的藍色灰燼。祖父生意失敗，被逐離場。

我不曉得這頭家是怎樣潰散的，只記得自己離開花布街的時候，從未想到再回去時已經是二十多年後。哥哥們離開不久，他們把我也送走了。一同走的，還有爸爸和庶祖母。爸爸到別處打工去了，對我來說，他下落不明。庶祖母和我一同給送往離島過日子，因為那兒生活費可以少一點。數年後，曾經一同住在花布街的十幾個人，散的散，死的死，大概只有小貓魂魄那未成音調的呻吟，仍留在天台的大水桶裏，見證整條街的樓房給逐一拉下。

祖父可以說是逃離花布街的，他欠了債，躲到澳門去了。數年後他回港時，大伯父、姑父和爸爸相繼成了街頭小販，過着日曬雨淋勉強餬口的日子。祖母勞累依舊，做飯洗衣，沒完沒了，一次搓麻將時暈倒，再沒醒來。花布街店上的每一個人，都變得貧窮而蒼老。庶祖母為了財富，成了祖父的妾侍，但她最後得到的只是一個欠債的老人。晚年的祖父隨和多了，容貌漸漸清晰。他當了木匠，為伯父手造擴聲器的木箱，讓他拿去賣，養活自己。我婚後每逢去看他，他都會送給我一些精心製造的小木槍。那是專門為我的兒子做的：槍柄纏着白藤，木料磨得淨滑，拿在手上很有感覺。但是我的孩子不肯拿來玩，因為它們既不會發聲，也無法射出甚麼。

最後的三十年，祖父委頓寡言，說話的力度蕩然無存。他彷彿也變成了一匹黑色的絨布，向內卷疊，打不開也攤不直，受潮的指尖還追求着布架子上木質的安慰。生命從不解說自己的形狀，祖父對過去也隻字不提，好像已經忘記了一切。我呢，反而繼承了他的固執，一直把他鎖定在花布街店子的中央，讓他孤獨地站在那吱吱作響的大吊扇下，繼續扮演專橫負心且不愛孩子的老人，不肯讓他隨着我們走進眼前的現實。終於，他往另一個方向飄走了，走的時候柔和地掀動着的，不是歷歷分明的經緯，而是布片上許多細碎的花。歷史不二，感情卻可以思量。想着想着，我竟覺得自己原來也是很愛祖父的。因着父親、因着慈和的祖母和不時跟我說話的小伯父，也因着早已中年的兩位哥哥，我甚至能夠同情那個搶去我祖母丈夫的女人了。為甚麼可以這樣？大概因為我也走過了很多很多的路，距離那條街已經夠遠了。

鄰家男孩

少年人哪，你在年幼時當快樂

拿着溫暖的杯子，他哭了。

他是漸漸進入那種狀態的。漸漸得叫人難以察覺，難以分析，難以置信。畢竟，哭是一種要求解釋的行為。他很苦惱，因為他實在找不到任何獨當一面的哭的理由。

早上十一點，露台上陽光普照。下面馬路傳來一浪接一浪的行車聲。念中學的大弟和小妹在學校裏差不多吃午飯了。父親一定已經在他工作的那個管理處按亮了電鍋的小紅燈，不久，帶香的白煙必會混糅廣東臘腸的陣陣引誘，充滿那小小的空間。父親是很容易滿足的。但母親正在做甚麼呢？賣菜，晾衣？會不會又忍不住小主人的刁蠻任性，輕輕打他的屁股？……

星期三，早上十一點。他從凌亂的被鋪爬起。一叢很荒謬的寂靜從腳踝開始慢慢往上鑽。很難接受這樣的一天。一切都那麼正常，忙碌。各種程序排列得密密麻麻，人人都輕而易舉就套進了自己的角色，只有他，坐在全家公用的號稱書桌的雜物架前，反復思索、進入、退出和盤問大學生這名字的意義。

收音機僅能聽見的聲音瑣瑣碎碎地攪動着身後的空氣，若有若無的言語信息軟軟糊着疲勞的耳膜，像一件給腋汗體臭濕透了的棉線內衣，起床，就是讓整個人的全部感官都穿上這樣一件污臭的汗衫。兩張雙層床和一張雙人床上，擺滿了用過未洗、或洗了未摺好的衣褲，以及亂七八糟的枕褥。

他第一次注意到這個場面，是在小學升四年級的那個暑假。那日他和大弟、小妹在屋子狹長的小空間裏喧嘩了半天，突然覺得非常地悲哀。（長大以後讀張愛玲的散文，才知道那叫做蒼涼。蒼涼，再準確沒有了。）他對弟妹說：「我不玩了。」然後隨便找了一個可以坐下的地方，開始思想。那時候暑假才放了一星期，他竟已強烈地希望開學。但這種期盼也提醒了他：上課的日子，自己不是老等着放假嗎？脖子都因為拉得太長而隱隱作痛了。一息間，他像一個失身被騙的女子，面對如鐵郎心，泫泫淚下。弟妹失去玩伴，本已莫名其妙，如今看見哥哥忽然哭得傷心，更是慌亂，但父母幹活去了，可以向誰求援？只好瞪着眼睛看他哭。那一年他九歲。

到了現在，他還清楚記得，自己胡亂坐下以後，兩條腿仍短得懸空飄盪。他雖然在哭，竟還能清晰感受雙足離地的自由與不逮呢。

年月過去，家裏發生了很多大事。祖父去世，大姐出嫁，爸爸的腰錐三次脱位又復原，隔壁女孩未婚懷孕、她父親以為是他幹的好事幾乎要跑過來揍他，弟弟為了一個女同學與老師打架給抓上了派出所……於是，他的呈分試、淘汰試、會考、高考通通變成了他的私人瑣務。這一大串魚丸一樣的東西，辣得要命，他卻不肯與人分享。成績單都收在沒有人知道的地方。漸漸，他明白了暑假和上學交替的意義。暑假是用來要叫人悶得想上學的，上學是用來叫人勞苦得想放假的。如此類推，小學是用來叫人渴望長大成為中學生的，中學是用來叫人覺得自己老套又老土、好追求大學既有深度又有眼界的存在的。但是，一夜之間這種生活已經實現了，而且快將過去了。他只是忘了問，大學是用來做甚麼的。他記起自己小時候母親給小妹餵飯的伎倆。那時小妹才兩三歲，母親知道女兒愛吃鹹蛋黃，就揀來一片，放在她的飯上，再用筷子尖推到碗邊。小妹使勁把口張大，用盡了皮肉的彈性，就是為了那片鹹蛋黃。但母親手藝極高，偷偷一撥，蛋黃就回到碗中間了，妹妹吃到的自然只有白飯。但她畢竟太小，連番受騙仍不自知。大弟每次看見都笑出眼淚。他卻大不以為然。一天，他問母親為甚麼要騙小妹，得到的答案叫他驚奇不已。她說，電視講過，鹹蛋致癌，她騙小妹是為了她好。他聽後被一種難以名狀的恐懼扼住了脖子。他不能停止瘋狂地搜尋紊亂的個人歷史片斷、場面和細節，他要馬上知道那裏頭的東西，哪些是沉悶的白飯，哪些是有毒的鹹蛋。

想到這裏，他好像忽然掌握到剛好在臉上爬行的淚水的一點點內容了。但他還是充滿疑惑。也許，他已觸摸到心裏騰升的虛耗光陰的內疚、和無法把這種內疚合理化的憤怒。

日上三竿。下午一開始，就向人撒下黃昏的頹氣。他突然想咒詛。但他不知道要咒詛誰。於是他猛然放下手中的瓦杯，拿起電話，把一個最熟的同學叫醒。那邊還沒睡飽，聽見是他，一開口就是粗話。他一下子興奮起來，嬉笑的細胞全醒了，跟對方展開一輪罵戰。然後他隨手抓起了一點東西，出門去了。

收音機仍然迷迷糊糊在講話，剛好填上他沒有劇情的哭泣和電視劇集奇情曲折的笑鬧之間那不大的空檔。悄悄掩藏在廣播聲波後面的，不過一隻茶杯慢慢溶解的聲音。瓶子在泉旁損壞。水輪在井口破爛。窗外的杏樹乘人不覺，竟已開花了。

搭枱

請勿把將來的光景告訴我，即使你知道。因為世上再沒有比這更殘忍的事了。

假日早上，酒樓應接不暇。人潮湧向杯碟鏗鏘的地下大廳。半小時東方蘋果，六個八特平點心，兩個人香片壽眉，就是可嘆的世界。一張方桌四個位，每人分得等邊小三角一小片，如今兩角已經放了杯碟筷子和辣醬，另外兩角好像早已用過，沾了些汁液茶漬。不大乾淨的白色桌布，猶如剛剛給熨過的髒衣服，舊了，仍講究面子；茶壺翹着破咀養着大滾水，不正是最好的熨斗？水已經開始變黃，無耳杯裏浮着幾條瘦弱的茶枝，等待怕熱的嘴唇冒死啜入然後吐出。並坐的中年夫婦一句話沒說，娛樂版遮去了一張臉，超級足球隊抹去了另一張。冷氣吹得報紙上角輕輕發抖，女人打了一個噴嚏。半禿的男人挪出頭來看了一眼，又瞄瞄頂上的出風口，用手指揪住女人的衣袖，女人站起來。兩人熟練地換了位，卻沒換茶杯。點心到了，女人用筷子頭戳戳男人的手臂，男人如夢初醒，放下報紙，兩人就喝起茶來。茶已經不燙了。

侍應生領着兩個陌生人來了，看來也是夫妻，同樣帶着報紙。男的三十出頭，少婦挺着大肚子走路。侍應生為女人拉開椅子，讓她坐下。「要甚麼茶？」男的應道：「香片，滾水。」侍應生聽了不作聲，默默把原來髒了的桌布捲起，往先到的夫婦那邊推。中年男人見桌布邊條子往自己滾過來，下意識把椅子往後挪。女人也忙把點心移向自己，好騰出空間。新桌布在另外一邊打開，也捲着一半。香片和水都來了。年輕男人飲香片，女的喝水。男的打開報紙。女的說：「等六天才等到你放假了，你看報紙。」男的不則聲，把報紙收到膝蓋上，伸手去添茶。「原先的都沒喝過，斟來幹甚麼？」男的手半路停住。茶壺吊在空氣裏，過了一會，半放半砸地落在桌子上，杯盤震動。中年女人巍然不為所動，此時正把燙口的瓜脯放進口裏，放得好好的，不偏不倚就在唇圈中央，放好馬上合起嘴巴，一點聲音都沒有地慢慢咀嚼，很享受的樣子。震動之後輪到中年男人拿起茶壺。清澈的壽眉從高處流下，安靜地落入杯子裏，水波盪漾，卻一滴沒淌出來。

水光閃動處，稚氣未脫的孕婦看着新桌布，眼睛裏滾出一顆水珠。她的男人不知怎地竟然又在斟茶了，這一次，不自覺竟要斟到對面中年男人的杯裏去，幸好發覺得早，趕忙縮手。他的女人自顧自說：「明明知道我不能喝香片。」男人聽見有點焦躁，忽然抓起茶壺蓋，叫人加水。侍應生應了卻沒來。氣氛有點僵。年輕女人於是又拿出紙巾醒鼻子，鼻涕咕魯咕魯地叫。她的男人見她忙着，又趁機偷偷瞄瞄膝上的報紙。

中年女人氣定神閑地對丈夫說：「還要吃甚麼？你來點罷。」中年男人回道：「飽啦。」「飽啦你？才只吃了兩個小點。」「吃來吃去都一樣，膩着。」「一會兒別叫肚子餓。」男人說：「你看你，胖成這樣子還吃。」「你好瘦啊？

肚子領路。腸粉？蝦米腸？」

「腸粉？」年輕男人從對面的交談取得靈感，趕忙提出建議。她的女人看着桌子點點頭。「牛肉腸？」女的又點點頭。「你那邊冷嗎？」還是點頭。「哎喲！」「甚麼？」「他踢我呢。一睡醒就踢。我不開心的時候卻總是睡。」「那麼說，你現在開心了嗎？」「不知道。」「還要吃甚麼？」「隨便好了。我肚子餓。裏面的也餓。」男人顯得有點興奮，再度舉起手來呼喚侍應，放下來的時候順勢伸到女人的大腿上。女人的手輕輕地也放到他的手背上面來。兩隻手就這樣拉住了三分鐘。然後男人笨拙地用單臂舉起報紙來看。桌子邊沿遮住了風月版，足球明星後面正是日本三流女優的半裸照。男人偷偷看了幾眼，口裏卻說：「又一宗殉情跳樓。白癡。」女人白他一眼：「你才白癡，人家疼惜老婆，生死與共，像你？」「疼惜老婆就要死掉？死了還共得來？」「你就要跟我抬槓。」男人只得靜下來，仍看報。女的再說：「等六天才等到你放假了，你看報紙。」哎喲，回到原來的起點了。男人有點氣惱，爭辯道：「我星期三下午才陪你去看醫生，根本沒有六天。」女人又道：「你就要跟我抬槓。」這次進展得快一點了，淚水又充滿女人的眼眶。

是前輩開口的時候了。「有綫電視好奸，原說每月一九八，優惠完了變成二九八，變價時竟然不通知。」女人說。男人放下英超聯版：「有甚麼奸不奸的？說明是優惠，時間一定不長久；恢復本來面貌，理所當然。」女人聽而不聞，繼續說：「如果不是因為你這個超級球迷，我早就退了它，三百元夠在這兒飲好多次茶。」男人把足球版攤開，攤得更大了，伸過頭來輕佻地問：「為甚麼女人都喜歡碧咸？」女人笑起來：「因為有頭髮。」男人自討沒趣，瞪她一眼，忽然瞥見對面的年輕夫婦竟然也在忍笑。剛哭過的年輕女人眼睛還有點紅。中年男人尷尬地問：「走了吧？要不要去超級市場？」說着，就站了起來。他的女人仍坐着：「你急甚麼？還未結賬，時間多着。」男人於是又坐下，彷彿從未離開過。有一刻，四人相對無言。忽然，年輕男人把一隻筷子碰倒地毯上。又有事做了。他再度向遠處忙個不停的侍應生揚手，像在做伸展活動。

這時，鄰座一個未足歲的嬰孩大哭起來。四人一起把頭往那邊擰過去，分享一幅人間美景。如同很有默契的好朋友約定星期日在這裏喝茶一樣，他們在小得可憐的方桌上放下了新舊兩張枱布，擁擠着度過了一周裏最幸福的時光。

鄰家女孩

大學生的文章充滿了錯別字，他們的人生也一樣。

緣　起

大學舊圖書館外的大平台人來人往，到處都是聲頻極高的笑鬧聲。男孩女孩用書本打來打去，半迎半躲之間，好像總有一點甚麼馬上就要發芽、發生。不經意碰上的手，隨風翻動的多色頭髮，閃爍的笑容與眼神，都帶着信息；有的瞄準某人，有的亂放空槍，一切儘管含混而短暫，但這些模糊的勢語卻無法擊中不設天綫的李家強。從小到大，他的一切發展都是比較遲緩的，勉強考進大學，已是奇跡了，要他對身邊的人和事發生合宜的興趣，大概還要待幾年。

李家強到底是誰呢？就是把最具體清晰甚至深入的資料詳列出來，他也不過一個叫人打呵欠的一年級生，教授點名三十次仍然無法記得：十九歲半，短髮偏左分界，頭髮生油、骯髒，常用髮膠，髮線含糊，戴眼鏡，穿牛仔褲和鮮豔球鞋，輕度籮輕腿，身高一米七，寒背，電影上畫才趕緊去租看《頭文字D》漫畫的那種。開學不久，大學生都刻意忘記高考的可怕，慣用的成績分類法再沒有作用了，家強在系中新生的角色更為模糊。這樣的年輕人在校園裏多的是，一般不會惹起甚麼女孩子的注意或男孩子的敵意。用大家的話說，他是透明的，甚至不存在的，因為他對任何人都沒有反應。沒想到觸怒了芷瑋的竟然正是這種透明。

樊芷葦不算絕色，也無意如此自詡。年滿二十，自我感覺還是十四、五歲，因為希望更天真可愛，走路習慣性地稍微「八字腳」，頭髮及肩，稀薄、鬈曲而瑣碎，劉海卻很整齊，像個洋娃娃。小腿既長且直，芷葦引以為榮，因此她不大穿褲子，連做運動時都穿半截布短裙，領子衣袖還要偷偷綴上一點點 Lolita 的味道。其他部分打扮卻相當現代，斑馬長筒襪子就是一例。對了，「很女孩」——不，該說「很小女孩」——這正是她給人的最明顯的印象。至於單眼皮的缺陷，遮遮掩掩的笑意就可以充分彌補了。不過她最讓人難忘的，倒是那張「哎喲，如果你不幫忙，我這次死定了」的皺眉扁嘴笑臉。一旦與之正面交鋒，你休想全身而退。她是這樣地喜歡自己，而且知道自己擁有哪一種可以無限延展、不能折屈的強大吸引力，她肯定沒有男孩子可以在她的意志下擁有自己的意志。因為這個緣故，當半睡半醒、不知就裏的李家強以「聽不見」來回應她那一聲友善的「早」，她就被深深傷害了。他竟然笨得免疫，她無法不懲罰他，即使他只是糊塗。

早上十一點半

今天比較特別。

下課了，許多教室吐出一簇一簇的雙十少年，又開始吸納另一批。芷葦從學校正門的大樓梯跑着小步趕上來，希望不必遲到。書太重了。剛巧走在前面的正是家強。芷葦走得太快了，碰到了他的手肘。她手上的書給撞散了，三本落在平台上，三本落在梯級上。說時遲，那時快，兩個男孩馬上從平台衝下來，把書一一撿起來。撿到第三本時，兩人的手一同揑着書脊拉扯了一陣。那是阿仲和森美。家強呢，竟然站在那裏，遲疑了一會，才睡眼惺忪地把平台上的其中一本拾起，拿着抬頭到處張望，希望找到物主，最後把書胡亂交了給阿仲。芷瑋給他氣個半死，馬上向着森美扁起嘴來。此時，阿仲和森美已把書送到芷瑋懷中，還用手輕輕整理了一下。一個問：「沒碰傷吧？」一個伸手接過芷葦的背包。家強好不容易才看見了她，一副如夢初醒的樣子，含含糊糊地向着三人說：「Sor，Sor 呀！」（也許為了掩飾「r」音發不準，小於二十五歲的人一般都不會把「sorry」整個字說完。）。這一幕老套得難以置信，家強卻連這樣的橋段都未曾聽聞，以致連一點點老套的遐想都沒有。沒有人知道，這正是芷葦下定決心要征服他的原因。

下午兩點

阿仲和芷葦在飯堂談功課。兩人喝了總共四杯冷飲，檸檬片給吸管搗得稀爛，做報告的計劃卻商量不成，但每一個人都求仁得仁：失約的森美得以在宿舍裏睡個飽，阿仲得以單獨和芷葦聊天，芷葦可以用最溫柔的聲音說兩個鐘頭話。她說她喜歡上一個男孩子，但那個人對她一點興趣都沒有。患單思病的她微笑着，清晰的唇線牽動着一個勉強可以稱為笑渦的小圓點。阿仲藏在「鍍金」碎髮裏的眼睛牢牢釘着她的臉頰，用嘴唇壓住飲管，感覺很矛盾。那該死的傢伙是誰呢？竟然連芷葦都看不上眼。不過，這也很好，至少她還坐在對面，天天把日記寫在自己的耳朵裏。

芷葦也非常享受這段時間。她巴不得阿仲留在身邊，因為比起李家強，阿仲的細心、殷勤和「有型」使她很自在。一米八的阿仲走得快，氣力大，戴藍色隱形眼鏡，扮演男朋友再好不過。如果不是因為他隨傳隨到、唾手可得，芷葦也許會更珍惜他。

「這是甚麼年代啊，要你明示暗示傷心流淚仍然無動於衷的傢伙，扔掉了吧！」阿仲說着遞上紙手巾。那包紙手巾其實是芷葦預先放在桌上的。

「我有甚麼辦法？我的命運就是碰上笨蛋。我不相信他有女朋友。根本不可能。他只是不喜歡我。」芷葦接過了紙手巾，覺得是時候哭了，眼淚就形成圓點，滾滾而下。阿仲伸手過去摸她的頭髮，表達安慰，不巧手肘碰上了水杯。空空的塑料杯子飛滾到地面上，啊，竟然正好落在剛巧路過的李家強的球鞋上！那鞋子也真難看，竟然是橙色和紅色組合而成的，鞋頭翹起，結得牢牢的鞋帶竟然是熒光紫的。阿仲的眼睛給強烈地冒犯了，刺痛起來。芷葦的眼睛也給冒犯了，如果不是女孩子送的禮物，這樣難看的怪物，哪有拿來穿在腳上的道理呀？想到這裏，芷葦的心又抽痛起來，淚水再度成串滑下。

「喂你，課上報告有了組沒有？」阿仲問家強。一面問，一面自覺良好。愛情就是這樣的了。為了成全對方，為情敵安排機會，犧牲自己在所不計。

「喔，我？甚麼組？」家強停住，憐惜地看着自己濕了一半的新鞋子。這時芷葦也遞上了紙巾。家強沒注意，因為他要弄清楚阿仲的問題。芷葦見他沒回答，就伸手給他抹鞋。家強突然看見一隻手放在自己的鞋子上，嚇得大叫：「嘩，你！你要幹甚麼？」

芷葦給他喝了一聲，委屈之情驀然上湧，她霍地站起來，把紙手巾扔在桌子上，丟下書包就跑着小步離去了。

「喂！」阿仲看在眼裏，心中冒火，一手執住家強的衣領，吼叫起來：「你這算是甚麼？就是不喜歡她，你也可以有點風度啊！要我揍你呀？」

家強的腦袋轉不過來。他的思緒被濕了的新鞋子、分組、一個給自己抹鞋的女孩和面前這個高大對手瓜分了，一時無法理出整全的圖畫。

「我……你……你們在說甚麼啊？」他明顯開始害怕了。

「別再讓我看見你！」阿仲的拳頭已經舉起。「你還要裝糊塗？」

晚上十點半

芷葦接到森美的電話。他説阿仲喝醉了，在宿舍裏哭，一面哭一面不斷説粗話。森美還把電話挪近阿仲的嘴巴——這是一個室友能夠做的最體貼的事了。芷葦聽見他糊裏糊塗地賭咒，又恨恨地説自己一生從未試過這麼失敗，竟然會輸給那個叫做李家強的東西云云。

「李家強是誰？」説了半小時電話，這才問，真是。芷葦可以想像森美那一直胡扯、説笑、扮旁觀者的樣子：他一定穿着過大的 T-shirt 和太長的「短」褲，拿着因此顯得太小的電話，盡量顯得輕鬆地問。

「不告訴你。」芷葦説，聲音輕軟，也很隨和。

「這回阿仲可慘啦，他從來未輸過啊。」

「我可沒故意讓他不開心。我也很不好過啊，我……。」三言兩語，芷葦又來到了哭泣的邊緣。

「總之沒有人好過啦。喂，李家強是誰呀？」森美的話充滿暗示，而且，很明顯，他沒有放棄追逐那個答案。芷葦不回答他。她暗暗感到清楚的答案會帶來某種難以解釋的羞恥。於是她把話題轉向阿仲。「我可以跟阿仲說話嗎？」

電話裏的聲音有了一點點變化，首先出現了阿仲的鼾聲，然後是森美的「怎麼啦？跟我說話不高興嗎？」

「胡說！我只是想告訴你，我實在無意傷害任何人——任何人！」

「無意也好，故意也好，結果都一樣啦。」調侃的語氣：「報應。」

芷葦沒回答。一秒鐘後，她輕微的啜泣聲開始像小蟲那樣，鑽進了森美的耳朵。一隻、兩隻、三隻……森美靜了下來。好長的一段靜默後，森美說：「你在哪裏？我過來好了……」

早上十一點半

李家強是誰？就是坐在芷葦身邊的那個？「不會吧？」森美問。「正是他。

我們還要跟他同組呢。再說一次，我們四個同組。」阿仲回答。

「昨天晚上她借了我的肩頭哭了很久。」森美聳聳肩，不大介意的樣子。「可沒想到是他。我們輸在甚麼地方？」

阿仲也聳聳肩，他的感覺好多了。森美說「我們」，說「輸在甚麼地方」，說「不會吧」，真讓人舒服。他們又是好朋友了，忽然都感到了同舍堂同房間同學系的幸福。「今天晚上要去對面海大學做義務壘球教練，來不來？」「也好。」「但那個短髮的三壘，你不可插手。」阿仲畢竟是個運動員，康復得特別快。

下午兩點半

剛剛安靜下來的教室裏，遲到的李家強要走到最遠的角落去。他要越過許多人才能到達那唯一的空位子。教授皺起眉頭看着他，停了說話。同學們也皺起眉頭，但不看他。他越過芷葦的時候，很小心不要碰上她的膝蓋。芷葦也很識趣地把腿挪往一方，但他的腿和她的膝蓋還是碰上了。芷葦的身體清晰地震動了一下。那種感覺持續，她一點書都沒聽進去。下課的時候，他第一個走出教室，比教授還要快。他那種垂着頭勇往直前的走路方法，讓大家暗暗笑起來。芷葦扔下書包，跟了出去。書包總有人會替她撿起，機會卻不可以失去。

下午四點半

書包還留在教室裏。回來找的，是李家強。他敲了門，跟一個外籍教授說了一句蹩腳的英語，拿回了書包，惘然離開，一走到門外，芷葦伸手過來拉住他的手。

凌晨一點半

這是李家強第一次接吻。他感到很新鮮，有點髒（髒就是不衛生的意思——

那是沙士之後李家強才學會的「感覺」），也有點肉麻。芷葦的唇很香，軟軟的，像嬰孩的嘴。但是那上面有鹹鹹的淚水和口水，因此也相當可怕。家強覺得看色情網頁時的感覺，比這次接吻更接近愛情。

忽然，本來很熱情的嘴唇霍地抽開了，一隻火辣辣的手掌高速飛過來，落在李家強的左頰上。不大痛，不大響，也沒有人看見。

凌晨兩點

阿仲的手電響起來了。他抓來一看，關掉了電話。輪到森美的電話響了。響了二十下。熟睡的森美連身都沒翻一個。

高街

別向我兜售半山的身份，我們都是從海邊的泥地走上來的。

剛好夾在般含道的假中產與第三街的真基層中間，高街像一張既鈍且厚的劣刀，無論切甚麼都無法一刀兩斷，左拖泥、右帶水，刀的兩面銹色掩映，含混着半山殘餘的零星貴氣和海旁冒起的點滴腥風。驟眼看，高街破破爛爛、灰褐土黃，參差唐樓苦撐着鐵皮信箱和新裝的對講機，與外漆剝落的闊身矮廈面面相覷。過多的汽車修理店佔去了幾乎全部的路邊車位，也催生了許多面貌相若的茶餐廳。大小招牌搖搖欲墜，品味相衝，裝修公司的材料店不時放出一兩個捧着防火膠板走過的壯漢，汗污的T恤在某個肩頭上承托着許多鮮美的人造色彩。高街是單程路，行車的路面很窄，被雜物堆得滿滿的人行路也容不下一兩個人。年輕爸爸推着嬰兒車踩着路邊的積水徐行，略胖的母親還拉着一個背心平頭的幼兒園生遠遠隨後。一家四口，肯定就住在高街上。若非街坊，沒有誰能在這種危險的處境中步步踏出罕有的安全感。

與高街平行的大街小路很多。多山的島上，每一條等高線都懂得自行遷就山的形勢，在某一種高度上連接起相若的社會階層。海旁的干德道人少車多，運作效率極高。飛馳的車輛中，人的面貌受到速度與光線的重重保護，難得一見。聽說這兒唯一的茶樓生意也不好。往上走進德輔道，感官馬上給撬開了。先有鹹魚海味的香氣從四面擠抱，繼有電車的叮嚀前搖後晃，大路的古老風情落在簷柱的陳舊紅漆上、店鋪的昏黃光管上，又自中年近老的那伙計毛孔粗疏的紅臉上折射返回。再往上走，大道西的中醫西醫和牙醫機靈地散入各種小巧的店鋪食肆中，尋常怕死的平民百姓從西行的亡命小巴進進出出。再往上走就是濕濕的一街、二街和三街。雖然菜市場已經被安置到市政大樓裏，但菜販如幻似真地依然流連在買菜的主婦中間。偶然冒起的一兩個小攤子，也不見得怎麼害怕車輪和管理隊，攤主一面高聲招徠顧客，一面為隨時走鬼作好準備。偶爾經過的車子也會慢駛讓路，人車相安，大搖大擺地攪動着落後於此城至少二十年的空氣。

再上面就是高街了。街市的痕跡此間消退，代之而起的是古老的英式建築，它們零散地插入民居，如同洋人用廣州話在街市高聲講價。從最西的李陞政府小學到最東的八號差館，高街都官氣十足，先有英皇百年不變地擁抱着書院舊稱的固執，繼有灰石紫窗的救恩教堂鳴鐘不輟的堅定，再有以「佐治五世」英皇命名的公園用開朗朝陽一路殺進古老鬼屋的強悍。在街上住久了，很少抬頭仰望這些早已經列入古蹟的牢固樓房，反會俯首對付地上分佈均勻但難以躲閃的狗糞。其實這些建築物各有故事，雖已不被紀念，視覺上依舊動人。

這樣的一條街，看來沒有甚麼叫人羨慕的地方。住在般含道的人會認為高街的居民在社經地位上矮一大截。至少地產公司支持這種想法。般含道的樓價高得多了。高街人對此卻置之一笑。般含道上的樓房單位面積小、不實用，比起高街稍舊的大廈，真是「貴夾唔飽」。我自己則相信高街人富有得多。至少高街的時間比般含道上的更透明悠長。天色如靜水，余苑拆後高樓輪起，般含道的閑逸漸少，高街的舊情卻愈來愈多。

先說那全城最有氣質的灰石教堂吧。這樣的教堂在歐洲很常見，在香港卻只有一座。那是崇真會的百年客家教會，建成已經六七十載，坐在教堂內，可以看見四周都是淡紫色的半透光玻璃窗頁組成的圖案。那種玻璃的顏色，如同清晨帶露的背光牽牛花；聽說當年直接從瑞士運來，香港任何地方都看不到，美得教人心悸。後來打破了幾片，牧師找了許多年都無法找到同色的，結果得全部換掉。幾年後我們再看見的，是一種較深的紫玻璃，雖然也不錯，但給人過份艷麗陰鬱的感覺，叫我難以釋懷。如今來聚會的信眾，全是講本地話的新一代了。記得牧師說過這樣一個古老故事。許多年前，教堂剛剛落成，信徒星期天都徒步走來聚會。某個下雨天，一位老人家手上挽着鞋子來了。牧師問她是否就這樣一直赤腳走過來。老人家說是。牧師問為何不穿上鞋子？鞋子不是用來穿的嗎？老人家說她捨不得穿。那為何要帶着來呢？牧師很不解。老人家恭敬地答道：因為不能不穿鞋子就來朝見上帝，一會洗過腳就會穿上的了。我們聽着這樣的往事，心頭生起一陣深刻而清涼的敬慕之情。教堂高高的拱頂吊下數丈高的米白色電風扇，扇頁就在星期日的早上這樣慢慢地轉動着，唱詩的聲音此時也必慢慢地注滿了高街。

從教會往東走，過了東邊街直角的交匯點，就是佐治五世公園了。公園依山而建，位於三街以南，高街以北，上對「鬼屋」的方柱花崗石圓拱門廊，下臨專門迎接嬰兒的贊育醫院。生死之間，不過三五球場和幾個滑梯鞦韆，不多時就都走完了。小孩子和母親在擁抱朗笑，老奶奶和阿公在晨運，菲傭和菲傭買菜歸來都先在這兒碰碰頭。樹影下的光陰顯得格外短淺。教會的歌聲愈飄愈遠，那種絲帶一樣的無私的祝福也愈見細薄。公園西門外的一顆大樹，竟無可奈何地給人拿來當上帝看待，被迫接受焦慮的坊眾種種奇怪的膜拜。樹下擺放着許多香燭祭物和土地神明的靈位，街坊來了，一頭就扎進拜物祈福的高熱中。《羅馬書》那段常新的經文，精確地描述了二千年後遠東大城的這一個小角落：「他們用必朽壞的人、飛禽、走獸和昆蟲的形象，取代了永不朽壞的上帝的榮耀。」樹根深深探入地下水桌，樹身張臂瞻仰高空的自由，創造的情懷見之於生命的開展。但百年榕樹今天不幸纏上世人自我中心的愚頑蒙昧，卻不能逃跑，於是整條街上最美麗的樹，也同時成為此處最大的心囚。

過了公園和平平安安的八號差館，高街就只餘下數幢五六層的舊樓了。這些房子，看起來像羅便臣道未曾改建的樓房，給人的感覺很好。那裏面的主人好像老在睡午覺。陽台上，白衣媽姐也許會搖搖手上的新會葵，吟吟沉沉説起家鄉話來。屋子裏走出來的那個眼神堅定的秀麗少婦，會不會就是從巴丙頓道遷來的白流蘇？陽光正好。緩緩攀升的高街人煙漸少，充滿故事的年代也逐漸模糊了。但車輪的吼叫卻在視線以外逐步清晰。畢竟，高街極短，只夠得上一次認真的散步。但是，此間人情斑駁，史趣鏗鏘，散步的人都知道沿途不寂寞。忽然，街的終點到了，一欄之外，般含道不覺已經滑入堅道長期堵塞的腸道中。高街尾段，一輛私家車慢慢停下，預備進入半山上的都市之咒。司機拉了手掣，扶着方向盤靜靜地等待着，收音機低低鳴響。車廂中仍殘留着一路接來的上一個世紀的午晝狗吠聲。

未乾之地

才走進高架天橋的橋底，火辣辣的陽光一下子就從頭頂消失了，像冒煙的豆腐腦給扁勺子批去了，留下一陣溫熱悶人的複雜氣味。如同一堆慣於黑暗的昆蟲，此處的人群緩慢地改變着形狀，不可臆測地聚攏、黏合又散開。涼鞋帶子下的腳趾神經過敏地收縮，趾縫間的黑色黏液足叫全身的毛孔緊張起來。只要在菜販、魚販、雞販和凍肉店老闆之間的「小巷」裏走過一次，就會明白「濕街市」真的很濕。奇怪的是，地上的小窪反射出許多艷麗的顏色，一如戲班亮盡所有的燈打鑼打鼓那樣熱鬧，這兒有綠、衣紙的綠，有黃、符咒的黃，金澄澄卻還帶着皮下出血那種詭異的暗淡，惟獨塑膠燈罩透出的紅，可以擔任永遠的主角：死去多時的魚腩因此看來還很新鮮，殼裏的蛋黃也因此顯得相當堅實。鄰街超級廣場那通明霸道、日夜不休的大白光臨照下，我們的菜市場就在這紅光庇蔭中卑微地存活。

在這永遠無法乾透的濕地上，一些東西消失了，一些留下來，一些慢慢淡出，一些偷偷地誕生、滋長。好些年了，「大嬸」、「師奶」等稱呼悄悄從褒詞變成貶語，原要把對方尊為上一輩、闊太太的奉承話，色彩日漸暗去，最後竟成了描述女人無知、好事、喧鬧、見老的冷嘲熱諷；為了讓顧客顯得年輕一點，典型的招呼早就改喚成「大姐」和「小姐」了。但有一事頗為惹人遐思：不知何故，被稱為「小姐」的一定是成年女子，年紀比「大姐」要大，「大姐」是用來叫喚十二、三歲的小女孩的。後來連「大姐」和「小姐」也嫌年齡歧視了，一律改為「靚女」。初聞只覺驚愕，後來發現滿口「靚女」的，原也不是甚麼嬉皮笑臉的浪子或大叔，而是滿頭大汗、周身骨痛的菜攤老闆娘。這樣輕佻的言語出自那雙疲勞的嘴唇，竟教人生出一種局促的感動，有時也想回她一聲「你都幾靚」。

說的在變，賣的也在變，變得太慢的話，就只能淘汰出局了。街市入口第一個攤子賣花。旁邊也有賣衣服、塑料耳環、拖鞋的。賣花的以往只賣大黃菊、紅劍蘭和俗香襲人的薑花，如今也賣染藍了的康乃馨，給網袋綁得死死的香檳玫瑰，和扁得像口碗的大百合；連同襯底的滿天星，基本花種全都有了。只是裏住花莖交給顧客的，依舊是那張桃紅方紙。這是只有女人來買花的地方，因此賣出的不多，三枝兩枝的，瘦瘦的斜扣在裝滿蒜頭水果蔬菜魚肉的背心膠袋裏，感覺上有點淒涼，也有點滑稽。有時你會看見那位穿着灰色套裝的女士（是位老師吧？）每天下班擠完了地鐵，還辛辛苦苦地踹着高跟鞋來買一家人吃的、用的、看的東西，站在每一個攤子前面為幾毛錢高聲議價，為一、二兩皺眉思量，用很大的勁兒掏出每一個銀元……你也許還會看見她吃晚飯，洗碗碟，最後拿出那幾枝花來在燈下修剪把弄，一面看電視劇一面往瓶裏安插。作丈夫的這時候得做一個選擇——他可以說：「就曉得花錢。」他也可以說：「好漂亮！」不過更多的時候，他看不見這花。太太開口問他，他只會回過頭來瞄一瞄說「嗯」。不過，也因為這「嗯」，破爛的花攤子至今還沒倒閉。

可是，像一種神秘的病毒，倒閉的憂慮確實一直在街市裏無制地蔓延。禽流感、孔雀石綠、青黴素、蘇丹一號……小攤子熬不住了，就像壞死的腳趾甲那樣，到了時候就無聲無色地剝落——因為顧客飛脫得更快，像隨風飄散的頭皮屑；剩下來的大概只有上了年紀的太太，和本着良心從中取利的幾個女傭了。即使超市裏的養殖器驗出了霍亂弧菌，但在玻璃魚缸裏游來游去的鱸魚和桂花，總顯得比較整齊清潔。包裝華麗的「雞中翼」，在冷得冒白煙的電冰箱裏，也顯得硬朗結實，哪像街市裏那些半冷不熱、充滿淤血的死翅膀？再者，超市的價錢定死了，顧客不必爭論，員工也不能「呃秤」，因此可以堅持昂貴。多付的錢，原是用來讓人安心的，這最難對付。在街市進行買賣，風險就大得多了，且看這位女士：「同你買咁多肉眼排，搭一塊腩仔肉都得啩。」男人白她一眼：「你唔怕膽固醇過高呀？」「我唔要都得，咁你要計平D個嚐。你唔見超級市場D貨又乾淨又新鮮咩！」男人聞言，忽地怒火中燒，舉起肉刀使勁一拍，本要賣出的肉眼排一下子就給拍扁了，他最受不了超市的氣：「正一死八婆！你嚟混吉㗎！」說着竟用刀口指着她。女人本能地後退數步，但她其實一點不怕，馬上回嘴反擊：「好吖！我就睇下你幾時執笠！」男人更火了，抓起那片給拍平了的豬排，用力擲過去。女人機靈，一手接住了。男人沒想到她這麼敏捷，愣在當場。女人也為自己的優質反應呆了一秒鐘，忽然握住那片肉拔腿就跑（起碼賺咗一件吖），弄得手上的幾個背心膠袋活蹦亂跳沙沙作響。男人氣得頓足（哎喲，蝕晒本啦），正要追上去，忽然發現周圍已經站着十幾個女人，有的是鄰攤的老闆娘，有的是顧客，更多是來看熱鬧的，全都瞪大了眼睛，惋惜着這場好戲的短暫，一個輕鬆地說：「咁都得？唔怕，我撐你！」另一個卻很氣惱：「算啦。趕時間呀。俾八蚊瘦肉我。」隨手就交上一個十元硬幣，說時遲，那時快，男人已經完成切肉工作，一面舉秤一面喊：「切多咗D添，十蚊啦。」女人接過，一臉不悅，口中念念有詞，聲音卻小得只有她自己才聽得見：「預咗你㗎啦……」

就這樣，許多場驚心動魄或胎死腹中的爭吵過後，肉店關門了，老闆竟也進了超級廣場賣肉，原來他穿上制服說「你好」的時候也是蠻有型的。打工有打工的規矩，那天他對舊日的行家説，上班時可以歎冷氣，代價是不能隨心所欲地罵人（但很必要時還是可以罵的）。他長進了（老婆說），斯文了（老媽說），簡直造福人群（舊時旁邊肉檔的九權哥説）。只是不知怎的，街市少了競爭，生意依舊不怎麼好。賣雞的阿光改了行，當的士司機去了，每次乘客上車，他都說：「對面海車，唔該帶帶路。」乘客想下車時，車子已經走到快線上去了。賣魚的阿詩也在平台上開了一爿很小的店子，人和店都起了洋名叫 Cissy，專為女客人改衣服（改大的多，收窄的少，她說），經濟不好，衣服一穿穿十年，身材不變才怪，這一點她之所以看得通，皆因賣海鮮的時候那些熟客全都一天胖似一天，贅肉把布料綳得變了形狀，衣服卻未換。不過轉行快一年了，阿詩因劏魚得來的主婦手一直未痊愈，連醫生都分不清那是真菌感染還是皮膚過敏，她也只得無可奈何地通過各種名牌舊衣服把這個病暗中傳播開去。

放棄了街市生涯的還有許多人，一時說不出名堂來。漸漸，冰鮮雞的冷硬粗糙、蟹柳的色素味精和真空包裝的隔夜湯料，成了一個又一個家庭的日常便飯。聽說掌管家計的太太和女傭之所以欣賞超市，原因很簡單，不外買菜可以只買幾兩，活魚劏了給遞過來的時候膠袋不沾血，帶不夠錢時可以用八達通付款……只此而已。十多年街坊了，我也很同情在街市找活兒的人，她們說：「但鬼叫佢地唔夠秤咩……」說完又轉身走進了超市，一面忖量：還欠五張印花就可以拿走一個易潔鑊了，這又怎能怪我呢？

蘭姐

願她的工作在洗手間門口榮耀她

我教學的書院裏，洗手間分兩種。第一種專供教職員使用，它們比較清潔，用的人不多；洗手盆上的鏡子連住玻璃架，讓人擺放鎖匙之類的小物件。鏡子一旁，是一個貼牆的長盒子，盛滿了抹手紙，洗完手，隨手一拉就有。最重要的是，那兒永遠不缺衛生紙，一卷用完了，馬上有人給你換上新的。換句話說，你上廁所之前，甚麼都不必帶備。不過，這些廁所「門雖設而常關」，對於那些打它門口經過的大多數學生來說，裏面的天地神秘得很，只有拿着鑰匙的教書先生，才可以隨便進出。至於另一類清潔間，就平民化多了，那是給同學用的。這些洗手間有門，卻從不關上，裏面天地廣闊，許多洗手盆列着隊、坦率地與廁所間格相對而立，中間足有六、七尺空間。一下課，同學們都站到這裏，趁着輪候的時間談功課、論老師，聊個沒完。如果想瞭解瞭解他們，在教室裏做問卷調查是一個辦法，但遠遠不如走到這兒站一站、洗洗手。然而許多拿着鑰匙的人，寧可等電梯，或多走一段路，都選擇前一類廁所。要找原因，隨便就是幾個。最重要的是，這些學生廁所從來找不到衛生紙，赤裸裸的紙筒穿在一根鐵線上，等待給除下來扔掉。這兒當然也沒有抹手紙、放物架，卻充滿不悅心目的其他內容：一個大圓桶，放垃圾的；一輛木頭車，搬重用的；一枝掃帚，一個鑲了長柄的金屬垃圾鏟，一間小小的儲物室，兩個紅色塑膠水桶，一條水喉，遍地水漬……。

我就是在這裏認識蘭姐的。這一年我們的辦公室給搬了上四樓，這一層沒設教職員廁所，但校方還是給我們每人配了一條鎖匙，讓我們使用遠在地下的「高級」洗手間。起初我因為怕麻煩，不願上上下下的走樓梯，廁所也少上了；偶爾走進學生那邊，心裏總帶着幾分屈就之感。

這一天進去時，手裏早捏着一張私備抹手紙。有人在背後道了句早。我抬頭，剛好迎上了鏡裏的影像：微笑着的蘭姐正望着鏡子前的我問道：「這麼早啊，有八點的課麼？」我回頭過去，鏡中虛幻忽成真實：蘭姐正彎着腰，用膠桶儲水。我突然被這簡單的動作觸動了。再次回望牆上的清鏡，冷玻璃後兩人的舉手投足，竟已平扁成了圖畫。身旁水聲淙淙，衣袖互相擦響，鞋履「雪雪」磨過磚地，我這才感到鏡子裏外，世界着實有點不同。我們就這樣聊起來了。

蘭姐總是笑着的，好像這世界根本沒有甚麼事值得我們大聲抱怨。有時同學缺了早課，解釋說八點太早，他們住得遠，起不了床。我臉上扮着不滿，心裏卻應和不已，猶如早起是一件不義的事。認識蘭姐以後，這種心情起了變化。蘭姐永遠比我早。寒冷的冬日清晨，我走進洗手間洗杯子，一面向她說：「好冷啊，這麼早就得起床，真殘忍。」蘭姐笑而不答，從水桶撈起一條抹布，凍紅的手擰去了水，才慢慢道：「吃了早點沒有？吃了會暖和一點。」那天我才知道，住在新界的蘭姐是七點半開始工作的。為了省一點錢，她大多坐路面公車，不乘地鐵。我問：「七點半要回來，不是六點多就得出門了嗎？」蘭姐說是，接着向我詳細描述她早上上班的方法，包括出門前為家人打點甚麼，何時出門，如何換車。我聽了很驚訝，多複雜的旅程啊！「真麻煩啊！」我不禁叫道。「不麻煩，很方便嘛。」她更驚訝地看着我，對我的想法似乎感到相當意外，使我的同情忽然成了突兀的笑話。這時我注意到，中年的蘭姐有一雙孩子一樣的眼睛，笑起來彎彎的像弦月，依然飽溢未隨年月流失的天真。我忽然開始明白她是怎樣去享受自己的工作的：給空了的水瓶儲滿剛燒好的開水，給廢紙簍換上一個白色的墊袋，用抹布讓一張桌子上的玻璃再度澄明。早晨的美，原來是可以用一雙手，一種心情去成就的。

我進進出出蘭姐的天地，已有好一段日子了，不設門鎖的洗手間裏，我開始知道蘭姐把自己的衣服掛在哪個地方，把掃帚放在哪一個角落，紅桶裏的水儲了作甚麼用。我甚至認識到，這些看似微不足道的東西，其實正在緊守着某些特定的崗位，並引以為榮。這一天我回到辦公室，和秘書閒聊時，發現了她案頭那一盆網白菜。「真好，」我欣喜地說：「你又再種了一株？」早些時，我們合種的那株枯萎了，給扔到字紙簍去。「不，」婉菁說，「就是原來的那一株，」她笑道：「我們扔掉的那一株。蘭姐撿起來又給我們養活了。」「真的？」我詫異不已，想起數月前自己滿不在乎的那個丟棄手勢，不禁羞慚。下了課，我到洗手間找蘭姐。她正自廢物箱拾起一束不再新鮮的「鮮花」，揀出一些插在洗得澄淨、盛滿了水的鮮奶瓶子裏。那唯一的紅玫瑰已開始衰謝，半垂着頭，稀疏的滿天星也逐漸發黃了，然而以恭敬的雙手捧着它們的蘭姐，此刻穿着中國出口的橫帶黑布鞋，綁着灰色的半腰圍裙，竟美麗得像一個剛剛長成的少女。

往後我打長廊走過，每經過學生廁所，都往裏看看。蘭姐許多時都到外面工作去了：也許正為教學中心搬運器材，也許正替一個不慎摔破了花瓶的同事打掃碎瓷。洗手間空空的，大門依舊開敞，但此中我切實感到了蘭姐的溫柔和快樂。我爽快地走了進去。手髒了，這裏面有涼快的清水。

後話：文中所記，是一九八八年的事。這十多年來學院添了許多建築，成了大學，廁所也「先進」、「平等」多了。可喜親愛的蘭姐還是那麼笑意盈盈的，忠誠地仍守着自己的份位，跟我們一起度過善變的歲月，直至退休。

太子道上

我們努力自貧窮走出來，又自覺地走回去。

一九六八年初秋，爸爸帶着我上了一部的士。我們家貧，少坐計程車。那天是要到一個不曉得怎樣去的地方——我剛考進的中學，聽說還是有點名氣的——去報到。爸爸說：「伊利沙伯。」司機一聲不響就開了車。過了一會，爸爸看着覺得有點不對勁，又說：「我們去伊利沙伯中學。」司機從往伊利沙伯醫院的路上折回，一邊埋怨道：「怎麼剛才不說清楚？」

第一天上學，自覺身份模糊，竟已有點懷才不遇的抑鬱。

車子沿着太子道拐進了洗衣街，在街口停下。我抬頭一看，眼前突然一片嫩青，天藍驟多，陽光像許多小鏡子在葉子間晃動，視野豁然開朗。太子道和洗衣街形成的東南直角上，出人意表地站着一個多樹的小山。一條影蔭風涼的柏油路，柔和地爬向山腰靜寂的世界。在這一段路上，我不知不覺地長高了，徹底離開了童年。

認識旺角，就知道鬧市中間確有桃源。當年的洗衣街，街如其名，一聽就是瑣務粗活的、街坊得很；學校對面店鋪紛陳，卻沒有成行成市的團隊商戶，「鬧」得來有一種心甘情願的落後和胸無大志的安恬。伊中立足於此。

拐彎走進太子道，風景截然不同。那邊的房子不過數層，窗框漆成深綠，鋼材所造，窗台放着幾盆不大打理的海棠，輕輕透發着一種沉潛的、務實而富泰的氣韻。不錯，這一帶住的多是有錢人。夾在彌敦道和窩打老道中間的這一二公里，是一截有意追不上世態的時光隧道。太子道的確有點傳統王族的古怪氣質：衣着老套、儀禮固執，大大落後於時代，眉宇間卻湧動着一種巨大的潛力，一種使人愉悅的品味。

三十年前的彌敦道，已經具備國際都會的大氣派，這巨大的南北主脈早把太子道甩在背後，若拿平行的洗衣街與之相比，更顯出兩者的天壤之別。彌敦道上購物焦點星羅棋布——路口守着新開的大大公司，不遠就是瑞興永安，還有許多有名望的老字號：金飾店，手錶行，洋服鋪，應有的都有。當日的凱聲電影院，誰不認識？那時讀地理，說香港的市中心在中環和尖沙咀，我可是不同意的。那時的旺角已經極「旺」，尖沙咀卻還是樹影婆娑，除了火車站，人流可謂望塵莫及。我從伊中走到此地，每有「大鄉里」的感覺。至於獅子山腳的九龍塘，我也常去。一去替有錢人的孩子補習，二去《中國學生周報》所在的多實街遊逛。從伊中出發往東走，過了聖德勒撒聖堂左轉，又長又直的窩打老道就從獅子山側傾瀉而來，遠遠的前方是軍營，近近的右側是瑪利諾修院的紅磚古築。春天將盡，那兒有全九龍最美艷的杜鵑花，從純白到粉紅，從粉紅到桃脂，從桃脂到紫彤，一坡都是少女情懷，詩畫互呈，拂面而至，非借劉夢得筆下的「紫陌紅塵」，難以表述。九龍塘的內街深藏着許多富人大宅。每次去看大舅公時我都在想，假如能夠「一家一火」地生活，爸爸和我就已經很滿足了，住進豪華寬大的房子，從來不是我的夢。我的夢落在一張稿紙小小的綠格子上。

回到太子道，我的感覺好多了。這地方有一種豐閏的花香，隱隱約約，從花墟滲透南來。是玫瑰還是茉莉？我總分不清那是王侯宅第的高韻，還是農家田野的民歌。那知而不見的花的天堂，神秘而美麗，既近且遠地呼應我對太子道的感覺。

花墟「對岸」，是拔萃男書院一百多萬平方呎的英式校園。沒多少人知道太子道上有這麼一個小小的閘口，內裏陡峭地掛着叫人喘氣的近二百多級石梯。與伊中分享着中九龍的同一座小山，拔萃對窮家孩子來說是隱秘的仙界，上面有叢林、泳池、宿舍、古老樣子的教職員住宅和綠草如茵的田徑場。有時我們上去看球賽，好像去了英國。

在沒有帝京酒店之前，拔萃和伊中之間其實只有一叢一叢的亞熱帶植物。從伊中大草地直往山上走，一定走得進拔萃，我相信中間沒有欄柵之類的清晰界線。可是，我記憶中沒有人走過這條路。當年我們打球，山頂會傳來玩鬧友善的喝彩聲，那是爬到校園邊緣的拔萃男孩在「睇女仔」以消磨時日。不過，這邊廂，打球的人還是很認真地打，汗水都掉到曬得發燙的水泥地上，鋪成許多看不見的小印。雖然雞犬相聞，拔萃和伊中卻是兩個分明的世界。拔萃的男生是用私家車從亞皆老街送上去的，伊中的孩子卻來自四面八方，用腿走路。拔萃的孩子畢業都到外國升學，伊中的少年呢？要麼拿獎學金進麻省理工或哈佛，要麼只好向政府借錢進港大，工作後慢慢攤還。他們長大後樣子沒怎麼改變，很奇怪，就像剛進伊中時的模樣。那時都只是一幫十二、三歲的傻小子，許多住在新界北部，每天黎明乘着斑駁綠皮的古老火車嗚嗚而來，一身曬成亮亮的紅銅，髮型老套得叫人發笑，笑容憨憨的顯得校服特別地白。流行小說揶揄打扮跟不上潮流的男孩子，管叫官校男生。不錯，我的男同學全都是官校男生，我的丈夫和兩個兒子也是。我最喜歡官校男生。

伊中是窮孩子的學校，但四十八年來她卻是太子道最突出的標識。歲月遷移，當日的窮孩子都長大了，她和他們，卻仍堅持着一種自省的、自選的貧窮。聽説今天的伊中學生，也有家裏是拿綜援度日的，但他們決定要活得快快樂樂，而伊中也決定要把快樂送給他們。我印象最深的學校活動之一，是念高班時領着低年級同學跑步上嘉道理山。路陡人虧，我差點氣絕身亡；但第一次走上這一段路的我仍止不住驚訝：太子道南岸不過一個小巷模樣的地方，竟還藏着全九龍最富有的人呢！我很辛苦地越過了最高點，腳步變得輕快，最後回到洗衣街去。看到小小的店鋪裏人影晃動，人人辛勤工作，我的快樂又完整了。

那是我最後一年在太子道上學。走着走着，少年的路也成為過去了。眼前的模糊和其中的不安已漸次消退。我很高興告訴你，這條路有一個非常貼切的好名字，我的母校也一樣。

在牙縫中飛翔的紅色翅膀

——美孚貼紙簿

女人和女人

連天陰雨。地產經紀吃完飯，牙籤剔得拆了頭，換了另一端剛剛往牙縫裏塞，看樓的客人就到了。那是個四十歲前後的女人。灰色的套裝上，過大的白色扣子像一堆正在彈跳的近視的眼睛。她手上拎着一柄開始發霉的百折花傘，半跟鞋的鞋頭是圓形的，已經隱約冒出了腳趾的形狀。地產經紀也是個女的，她一看見女人，就知道這是能夠成交的生意。她穿着有一點花式的高跟拖鞋，鞋底是硬膠做的，着地時得得有聲；她用手指鈎着鑰匙，走路時手肘擺動得厲害，粉紅色緊身短衣緄了花邊，三個骨彈性褲子帶着兩條結實粉白但肌肉賁張的小腿密集前進。兩個女人一前一後，很有默契地高速穿過四期的十字小商場。接着就是停車場、私家路、地鐵洞。看樓的女人每次都說：「樓很舊。」經紀漫不經心：「嗯，是，但很堅實，勝過短椿漏水。」心中卻嘀咕：「來美孚看樓還嫌舊，廢話。」女人又說：「聽說有白蟻。」經紀答道：「到處有蟻。」不多久，女人站在某單位窗前，皺眉盯着堵車堵得死死的葵涌方向高架天橋，心中盤算着怎樣可以隔音，正要問經紀，她竟然上廁所去了；拉水聲忽地一響，生意同時成交了。

幾個月後，女人住進了美孚，仍舊穿着半新不舊的套裝上班，每天回家都經過那小得可憐的地產公司，經紀照例在剔牙。但是今天，她心血來潮地回過頭來，果然看見女人（她穿的是平台上表嫂開的那時裝店賣的套裝呢，哈）罕有地對着她笑：「芬姐，幾時再幫我一個忙？」很熟落似的。經紀笑道：「換屋？」女人說：「這次要向飛馬廣場的，最好是南北通。」經紀說：「好呀。」說完就彈掉牙籤，暗暗將眉毛一挑，把剛剛塗了閃亮紅甲油的腳趾輕巧地滑入高跟拖鞋中。

她知道這個女人是一生不會離開美孚的了。

男人和女人

馬會隔壁就是好世界酒樓三樓茶皇廳。茶皇廳的茶葉，至少香他三壺水，之後就會慢慢淡下來，淡下來，徐緩地消散。但是，馬會外面的尿溺氣味，可以堅持一個月，一個馬季，一生。跑馬的日子，無論陰晴，總是充滿期待的。而期待，不知道為甚麼，可以克服很多叫人不舒服的東西。女人走進好世界的時候，卻一點期待都沒有。同樣的茶。同樣的供應抹手紙的廁所。廁格裏面貼着兩句話：「來時匆匆，去時沖沖。」女人每次小解都為這兩句話發笑。她認為這就是文明；而到處尿溺呢，當然就是蒙昧了！心想：「外面那個公廁不就在梯口嗎？為甚麼還會有人當街解決？」如果那是個晴天，你甚至可以「看見」這氣味就從平台一直向上蒸騰，酒樓前面一株用來裝飾的闊葉植物，就一直在熱空氣中抖動。馬會牆下，三個男人或坐或蹲，分別盤踞靠牆的位置，一佔就佔上好半天。手上的馬經早已吸收了周圍的亞摩尼亞和男人指頭的體溫。剛吃完茶的女人皺着眉頭走過。她掩着鼻子，瞪了那蹲在牆腳的男人一眼。男人偶然抬頭，看見女人小腿後面絲襪破開了一個洞，連結着一條細縫。那會是個怎樣的兆頭呢？女人原已經走過了，忽然「呀」地叫了一聲，開步往回小跑，大概是漏了東西。茶皇廳的女侍應這時已經拿着她的外衣走出來，女人連聲道謝。在這短短十秒，男人的眼睛一直來回追蹤她的腿，和腿上絲襪上的縫。他知道那裏頭一定有一個重要的信息，是上天要交托他的。對，洞嗎，就是「穿」的意思。男人微笑了。女人一回頭，看見男人猥瑣的眼睛和興奮的嘴弧，直覺那尿臭就是他的傑作。她憤怒地瞪了他一眼。男人更肯定了：今天他發財的機會到了！她兩條腿高速划過他因蹲踞而謙卑的視線。他的心神緊隨着她因厭惡而用力的腿。她頭也不回，咬牙吞下了「賤格」兩字。差不多同時，他霍地站了起來，一頭扎進馬會的人潮，一面沙啞地吐出了一句僅能聽見的「貴人」。

男孩和男孩

板仔的地頭是天橋底的滾軸溜冰場。這巨大的行車天橋兩邊，一邊是萬事達廣場，一邊是吉利徑；從「通達」到「吉利」這截短短的路，卻是模糊灰暗、彎彎曲曲的。這橋底世界給切成一截一截：菜市場上葷腥撲鼻，籃球到處鐵架砰訇。直角切入從橋底下走過，一定看得見板仔和他的初中同伴在小小的木造斜台上練習，黑暗中小魚一樣高高低低地躍入半空，翻身，着地。深夜十一點，另一小男孩隨着父母從六期外婆家走回三期自己家的時候，一定留意到板仔一連串的動作：屈膝、加速、躬身待發。矮小的男孩被他深深吸引着，每次走過都放慢腳步，托托眼鏡，站在場邊看。媽媽從後趕上來了，樣子聲調卻好像不大在乎，經過男孩身邊時依然往前走：「那種人，深夜還不回家，也不怕父母惦念。」爸爸也碰碰他的手肘，示意他往前走：「這種玩意真危險。不知是誰發明滑板這東西，年中不知道多少孩子因此受傷。」男孩靜靜聽着，感到一種莫名的孤寂。這時板仔看見了路過的這一家人，忽然感到興奮。為了這些擰着頭來看他的觀眾，他決定把這剛剛學會的動作再做一次。這將會是最完美的一次。於是他滑到場地邊沿，開始表演。場內影影綽綽，所有的臉都因黑夜變得更模糊。他只能從動作和聲音辨認同伴的位置和身份。「我來——請讓開！」說完就越過三個移動的影子，向着斜台高速前進。與此同時，小男孩的媽媽小聲說：「總有一天頭破血流。」板仔已經接近木台了。爸爸也說：「縱然如此，也是活該。」板仔已經向上滑了。男孩很緊張地扭頭回望。昏暗的燈光中，生了鏽的鐵絲網在兩人晃動的身影中間一片大鋸齒那樣前後挪移。滑板着地的聲音淹沒在天橋上的車聲裏。上面，一輛十字車焦躁地尖嘯而去。燈火通明的瑪嘉烈醫院從山上向着整個西九龍張開大口，如同飢餓的巨獸……啪地一響，板仔安然着地。一切卻靜寂下來。他的觀眾全都走了，在他騰上半空的時候。橋底的天空醞釀着市場關門後特有的死魚鱗臭，那是他跳起時才忽然聞到的。

男人和男孩

男人競選的時候，常常穿西裝上電視。讀六年級的矮小男孩要背誦常識書上的許多資料，因為要應付呈分試。媽媽說，呈分試考得好，才可以升上名校。爸爸說：「阿仔不能光背書，也該看看選舉辯論。」男孩看見那些爭着做議員的中年男人在電視上吵架，覺得很好玩。同學吵架卻是不容許的。這就證明他們的身份地位都很特別。投票前不久一個晚上，百老匯街很慢很慢地駛過一輛車子，車頂上安裝了喇叭，喇叭的聲音極大，大得叫人無法聽見任何其他聲音：「各位街坊，我是九龍西區的立法會候選人……」男孩沿途疾步跟着車子跑。他看見許多人索性走到馬路上跟那個「議員」握手。他很想也過去握手（或取個簽名），因為那畢竟是個上電視的叔叔。但是，「議員」沒把手遞給他。他很失望，看電視辯論的時候竟然有點受冷落的委曲感覺。許久之後，男孩拉肚子，跟媽媽去藥材店見大夫。大夫正在為一個男人把脈。生病的男人背影很普通，淺褐色飛機恤的情調和藥材一樣，帶着幾分老年的、病態的侷促。男人說話的聲音沙啞無力，但很熟悉。男孩一聽就認得了。他輕輕走到他旁邊，側着頭看他。媽媽不及阻止，就聽見男孩小聲問：「叔叔，你是議員嗎？」男人一愣，回過頭來看，啊，原來只是個小男孩。他把疲勞極點的皺臉勉強撐開成笑容：「小弟弟念幾年級了？」男孩說：「中一。」男人吃了一驚，反應地說：「要用心讀書啊！」男孩說：「知道了。我可以跟你握手嗎？」「當然可以！」說完就慈和地與男孩握了手。儀式完成後，男孩興奮地走回母親身邊。母親以眼睛極表讚嘆，心想孩子和議員握手呢，只可惜沒帶照相機。男人拿着兩包藥匆匆離開，心想：「雖然今年輸了，我還是很有群眾基礎的呀，下一屆一定捲土重來！」

女人和男孩

圓形噴水池的青苔積得厚了，池水就會變成了瘀綠色。義大利雕塑家的飛馬站在池中央，張着口，提起前肢，舉起鋁刻的紅色琉璃翅膀，頸項與身子伸張成直角，好像正準備騰飛。Sonya 從飛馬收回視線，繼續等候。等了許久，八樓的 Marissa 還未下來，不免有點無聊。池邊的孩子多起來了，人人拿着一輛電動的四驅車。只要把車子一個前輪拆了，放在池邊，車子就自動繞着水池轉圈，無論走多遠都不離常軌。一眾孩子會高聲喧叫跟着自己的車子跑。那一種玩具車第一次流行的時候，Sonya 在美孚另一家人那兒工作。做了四年，僱主說經濟出現問題，不再簽新約。Sonya 離開那天，摟着四歲的 Tim Tim 呆了好半天，因為 Tim Tim 哭得很厲害。畢竟，那是她帶大的孩子。然後，她帶着他送的四驅車和四袋行李離開了。Tim Tim 的第一瓶奶，第一口飯都是她親手餵的。小時的 Tim Tim 不要媽媽，只要她。離職好久後來她才知道，僱主為了不想付第三次約滿後的長期服務金，才把她打發了，那是 Marissa 的表姐的朋友的僱主那邊洩露出來的不是秘密的秘密。沒想到，她接着的兩份工作還是在美孚找到的。（誰不知道美孚是全亞洲最大型的純粹住宅區、連就業生態都可以自足？）如今，她每天黃昏帶着新的小主人來放車，總希望會遇見愛車的 Tim Tim。他小時體形不大，但很結實、很重。那種很集中的肌肉的質感和幼童的重量如今仍然留在右肘之上。她真的很想再見到 Tim Tim。這也不是甚麼華麗的夢呀，美孚真的那麼大嗎？但那感覺，終究還是奢侈的。忽然，Tim Tim 出現了，他穿着中學生的校服，瘦瘦長長的顯然已經踏進了少年期，雙手插在褲袋一副愛理不理的模樣，站在池邊看更小的孩子玩車，看得很投入。Sonya 正想叫出來——他還是個孩子嗎？認得自己嗎？這時 Tim Tim 發現一個菲傭正瞪着自己。他瞄了她一眼，清晰地吐出兩字：「低B」。接着就走開了。Sonya 懂得「低B」的意思。那是新僱主常常用來罵她的。漸漸，黃昏到了。就在她站起來又再坐下的一剎那間，整個四期平台廣場繞着飛馬轉動起來，像打圈晃動的杯子裏的水，既害怕握着杯子那手的勁度，也恐懼在旋轉中給胡亂潑出。這時 Sonya 忽然懂了。美孚果然是很大的，不光在空間上，也在歲月上，更在她對二者的理解上。

唔該奶醬多

——《更暖的地方》編後二、二事

（一）

幾年前，我在某雜誌發表了一篇本該叫《春江水暖鴨先知》的散文。用蘇東坡這個詩句為題，是因為裏面有「水」也有「鴨」，正配合我想描寫的深水埗和鴨寮街。鴨寮街是深水埗民生的探熱針，深水埗又是香港草根階層的聚居地；經濟環境若有甚麼改變，鴨寮街上用汗水謀生的老百姓會率先感覺到，「鴨先知」也確是實情。可惜，不知雜誌內的哪一位編輯先生把它的名字改為《我的故鄉深水埗》，刊登前也沒有通知我。後來買了雜誌回家，感到非常遺憾。現在，我把這幾年的散文結集成書，趁機重用舊文題。

（二）

那一次的寫作經驗，令人興奮。原來書寫自己的城市，特別叫人喜樂；寫完了，好像在某些時空裏多活了一次，確立了一些卑微但珍貴的個人歷史，也送了給我最愛的香港一些手製的紀念品。此時，《香港文學》的陶然先生來電鼓勵我，讓我有機會發表一系列描述香港的散文。其間，《文學世紀》的古劍先生也容許我在〈香港記憶〉的專欄上錄下了個人成長的點滴。我是懶惰的頑劣學生，若不是得到前輩的催促，絕對不會寫完一篇又一篇，更遑論成書出版了。因此，今天《更暖的地方》能夠與讀者見面，我感謝兩位先生。我也感謝牛津大學出版社給我出版的機會。

這些散文，和我以前寫的不大一樣。二者之間，也許仍看不見進步，變化卻肯定是有的。以前我喜歡躲在心靈的閣樓上，通過一個小窗，看天空的風景。現在我比較喜歡走到樓下，認識那個更調皮、更平凡、也更基層的自己——和許多類似的香港人。如果你讀過我以前的散文，你會感覺到那種分別。

（三）

我這個人是個小格局，喜歡小東西。我稿紙上的香港，沒有海洋公園或狄斯尼，也沒有會展、國金、尖沙咀。我只會寫我生活過的地方。太子道是我母校所在，牛津道是我孩子念書的地方。鴨寮街曾經養活我。高街那邊有我以前的教會和大學，花布街有我的童年。我也常常去「濕街市」買菜。今天，我住在美孚新邨，工作上經常遇見十九歲的鄰家男孩和鄰家女孩。我看着蘭姐辛勤工作，直至她最近退休。我每天都在茶餐廳吃東西。這就是我的香港。我的香港和你的香港也許不盡相同；卻總有一點點重疊的地方。

我是非常喜歡香港的。我喜歡香港人的率性、靈動、快活。我們發明了鴛鴦、檸賓、加薑可樂。我們把一片厚厚的牛油夾在菠蘿包裏，喝全脂鮮奶，弄得一桌都是麵包屑，和滿肚子肥油。然後，為了降低膽固醇，我們狼狽地吞下兩顆 Omega 3 魚油丸。我們在地鐵裏毫無惡意地流着口水睡覺，高聲講電話，看報、塗唇膏、發呆，然後容光煥發地開始每一天。我們一面看叮噹（請別叫多拉A夢）一面大笑，也憤憤然咒罵故意參拜靖國神社的小泉純一郎。我們有時對北京的決定皺眉頭，卻為國家的跳水隊拍爛了手。我們一面大罵老闆不仁，一面披星戴月地工作。我們的獎賞是下午三點九變軟了的外賣奶醬多。「很好吃！」你說，一面動手掰開方包，分了半件給我。奶醬流下來，我們趕忙用手承接，然後把手指放進嘴裏。生活不見得十分香脆，到底還是甜的。

我去過澳洲和加拿大看望移了民的老朋友。那兒的風景、空氣、福利都很好，房子比我們住的大得多了。可是，如果我半夜想吃鹵水鵝和飲啤酒，我還是得住在香港，住在可以用八達通買東西的 Seven-Eleven 樓上。於是我看見朋友一個一個地買飛機票回來了。他們說：「原來香港很漂亮。離開過才知道。」他們說的，固然是氣象萬千的青馬大橋，也是大橋連接、指向、通達的地方；而這些地方，當然不盡是中環。我們的價值，也不盡是中環價值。只有外人才會以為中環代表了香港人心目中的一切。誰喜歡看滿布高樓大廈的維港照片？不，不是香港人，因為我們看得見真正的維港。

（四）

深秋了，有點涼。我抬起頭，用普通話對身邊的親戚説：「那就是獅子山了。」他們「啊」的一聲，隨便説了一句「實在很像」，就把握機會換了話題，迫切地問：「去星光大道該怎麼走？」